光文社文庫

文庫オリジナル／長編青春ミステリー

濡羽色《ぬればいろ》のマスク

赤川次郎

光 文 社

『濡羽色のマスク』目　次

●主な登場人物のプロフィルと、これまでの歩み

第一作『若草色のポシェット』以来、登場人物たちは、一年一作の刊行ペースと同じく、一年ずつリアルタイムで年齢を重ねてきました。

杉原爽香《すぎはらさやか》……二十九歳。誕生日は、五月九日。名前のとおり爽《さわ》やかで思いやりがあり、正義感の強い性格。中学三年生、十五歳のとき、同級生が殺される事件に巻き込まれて以来、様々な事件に遭遇《そうぐう》する。大学を卒業して半年後の秋、殺人事件の容疑者として追われていた元BF《ボーイフレンド》・明男を無実としてかくまうが、真犯人であることを知り、自首させる。爽香はこの事件を通して、今もなお明男を愛していることに気付く。一昨年、明男と結婚。現在、高齢者用ケア付きマンション〈Pハウス〉に勤めている。

杉原明男《あきお》……中学、高校、大学を通じての爽香の同級生。旧姓・丹羽《にわ》。優しいが、優柔不断なところも。大学進学後、爽香と別れ、刈谷祐子と付合っていたが、大学教授夫人・中丸真理子《なかまるまりこ》の強引な誘いに負けてしまう。祐子を失ったうえに、就職にも失敗。真理子を殺した罪で服役していたが、四年前に仮釈放された。現在は爽香と結婚し、N運送に勤めている。

河村布子《かわむらきぬこ》……爽香たちの中学時代の担任。着任早々に起った教え子の殺人事件で知り合っ

河村太郎《たろう》……た河村刑事と結婚して十年。現在も爽香たちと交流している。子供の名は、爽子《さわこ》と達郎《たつろう》。

栗崎英子《くりさきひでこ》……警視庁の刑事として活躍するが、一昨年、ストレスから胃を悪くし、手術で胃の三分の二を切除、事務職に。

早川志乃《はやかわしの》……四年前、子供たちが起した偽装誘拐事件に巻き込まれた。かつて大スター女優だったが、爽香の助けなどで映画界に復帰。〈Pハウス〉に入居中。

野口久司《のぐちひさし》……河村が追っていた幼女殺害事件の犯人と同じ学校の保健担当。河村の子供を身ごもる。

田端祐子《たばたゆうこ》……警視庁の刑事。河村の元部下。布子への思いを胸に秘めている。

田端将夫《まさお》……大学時代の明男の恋人。旧姓・刈谷《かりや》。就職した〈G興産〉で出会った田端将夫と三年前に結婚した。現在、妊娠中。

浜田今日子《はまだきょうこ》……〈G興産〉社長。祐子と交際中も、爽香に好意を持つ。現在は爽香の上司。

杉原充夫《みつお》……爽香の同級生で親友。美人で奔放、成績優秀。現在は医師として活躍中。

畑山《はたやま》ゆき子《こ》……爽香の十歳上の兄。三児の父。浮気癖があり、爽香を心配させる。

三宅《みやけ》　舞《まい》……充夫と関係があったOL。関係発覚後の騒動で会社をやめた。

喜美原《きみはら》　治《おさむ》……昨年、明男が軽井沢《かるいざわ》までスキーを運んでいったときに知り合った女子大生。

……バリトン歌手。栗崎英子とは旧知の仲。伴奏ピアニストだった片桐輝代《かたぎりてるよ》と結婚し、一女をもうける。

——杉原爽香、二十九歳の秋

1　当り前の夜

何も、変ったところはなかった。

相変らず客の入りは悪く、暇を持て余したホステスたちは、カウンターの隅《すみ》に固まって、どの店が危いとか、誰が引き抜かれたらしいといった噂《うわさ》話ばかりで盛り上っていた。

むろん、本当の「盛り上り」ではない。景気の悪い話ばかりで面白いわけがないのだから。

「——六名様、お願いします！」

六人とはね。この景気の悪いときに、珍しいこともあるもんだ。

ホステスたちは一斉に声のトーンを上げて、

「いらっしゃい！」

「まあ、お久しぶり！」

と、口々に声を上げながら、客たちへ飛びかかって行った。

ハゲタカの爪も顔負けの力でがっしりと客の腕をつかんで、「離すものか！」という勢い。

「おしぼり、早く！」

と、声が飛ぶ。

お久しぶり、などと言っても、憶《おぼ》えているわけではない。初めての客でも、「毎度どうも」の世界である。

六人の客は、どこかの訛《なま》りが耳につく、「上京して来て、どこで遊んでいいか分らない」グループらしかったが、この店に入ったのは、幸運と言うべきだったろう。

確かに、店を出るときは、その請求書の金額でいっぺんに酔いが覚めてしまうだろうが、身ぐるみはがれるようなことはないし、怖い用心棒に暴力を振われることもないからだ。

「――栄さん、どこへ行ってたの?」

裏口を出て、タバコを一本喫《す》って来た荻原《おぎわら》栄は、店に戻って、目を丸くしていた。

私がちょっといなくなった間に……。

「もう入る隙《すき》はないわよ」

と言われて、栄は、

「いいわよ。残り者に福があるってね」

と言い返した。

――全く、もう!

何でこう間《ま》が悪いの?

荻原栄は、自分の〈栄《さかえ》〉という名が嫌いだった。

こんな名をつけるから、ちっともツキが回って来ないのよ！

もっとも、文句を言いたくても、名をつけた当の親は、もうとっくにこの世にはいない。

「——栄さん、お客だよ」

と呼ばれて、顔を上げる。

ちょうど取り残されて落ち込んでいたときだったので、その客も、すばらしい上客に見えて、

「まあ、いらっしゃい！　今夜辺りおみえじゃないかな、って思ってたところだったのよ」

得体の知れない、まるきり初めての客よりはいい。——長髪が肩までのびて、やせた体に、いつも同じツイード。口ひげを生やしているが、一体いくつくらいなのか、見当がつかない。

「先生、こっちへ来て。——さ、向うはうるさいから、隅の方で、二人きりで楽しくやりましょうよ」

栄は男の腕を取って、隅の席へ引張って行った。

例の六人組の所は、どんどん高い酒を注文して、はしゃいでいる。

「おい、頼んでねえよ」

と、文句を言うのを、

「ケチケチしないの！　遊ぶときはパーッとつかうのが男でしょ」

と、丸め込んで、「代りにチューしたげる」

キスの一つくらいで、「高級ブランデー」を飲ませてしまえれば、楽なものだ。

「――今夜はにぎやかだね」

席について、「先生」は言った。

「長居しないわ。あんなに寄ってたかってむしろうとしたら、いくら呑気《のんき》な人でも心配になるわよ」

その客たちが、早くも不安げに顔を見合せていることに、栄は気付いていた。

少なくとも、酔うまではビールや安いウイスキーで時間をかけ、居心地がいい、と思わせなければ。酔って気が大きくなったところで、少しずつ高い酒を取らせるのだ。

「あんな風に、まだ酔ってもいない内から、じゃんじゃん注文しちゃったら、気を悪くするわよね」

栄は、おしぼりが来ると男に渡して、「水割り?」

「うん」

――名前も知らない。いくら訊《き》いても言わないのである。

一見、芸術家風なので、栄が勝手に「先生」と呼んでいるのだった。

月に一、二度、忘れかけたころにフラッとやって来て、栄と何杯か飲む。一時間いて帰って行く。

これが本当にきっかり一時間なのだ。

大して上客とも言えないが、妙なトラブルを起したりする心配もないので、栄としてはこの

「先生」の顔を見るとホッとするのだった。

「――お元気だった？」

と、栄が訊く。

「忙しくてね」

「先生」がポツリと言う。

「そう。――でも、結構じゃないの、忙しいくらい仕事があるんだもの。今は働きたくても仕事のない人が一杯いるわ」

「それはそうだが……」

と、水割りをゆっくり飲みながら、「君も元気そうだ」

「私？　ちっとも！」

と、栄は笑った。

「娘さんは元気でやってる？」

自分のことはしゃべらない代り、栄のことを知りたがる。

「里美《さとみ》？　ええ、よくやってるわ。高校へ通って、夜はお弁当屋さんのバイト。帰ってから、下の子をお風呂に入れて寝かして……。ありがたくって、頭が上らないわよ」

嘘ではない。――荻原栄は、亭主に逃げられ、娘の里美と二人で残されてから、水商売に入ったのだ。そして、客の一人とねんごろになって、一郎《いちろう》を産んだ。

しかし、その客も経営していた会社が倒産、店の払いもすませないまま、行方をくらましてしまった。

赤ん坊がふえて、里美は文句を言いつつも、ちゃんと面倒はみてくれている。一郎も今二歳だ。

「――これを」

と、「先生」が上着のポケットから小さなリボンのかかった箱を取り出した。

「何？　私にプレゼント？」

「違うよ」

と苦笑して、「娘さんの誕生日だろ、今日」

「里美の？　――あ、本当だ」

すっかり忘れていた。「じゃ、これ、里美に？」

「うん。安物のアクセサリーだ」

「すみません。先生、よくあの子のお誕生日を……」

「君がいつか言ってた。星座がどうとか言ってるときだ」

憶えていてくれたことが嬉しい。

「すみません。じゃ、ありがたく」

と、リボンをかけた箱を押しいただく。

「そんなに、ありがたがられるほどのもんじゃないよ」

と、男は少し照れたように、「ただ、鎖《くさり》は本物の銀だ。何かのときは、ちゃんとした店へ持ってけば、いくらかにはなると思うよ」

「そんなことしませんよ！　あの子、そういうところは義理がたいの」

この人、とてもいい人なのかもしれない。——栄はそう思ってから、「危い危い」と、口の中で呟《つぶや》いた。

お母さんは惚《ほ》れっぽいんだから！

また、里美にそうやって叱られる。

ま、名前も知らない人に惚れたって仕方ない。

「お仕事、外を出歩くんですか」

と、栄が訊くと、

「中にいる方が長いね。何日も徹夜することもあるし」

「まあ、大変。——息抜きしたくなったら、ここへいらして。一時間でなくても、五分、十分でも。少しは気が休まるでしょ」

「ありがとう。そうできれば——」

と、男が言いかけたときだった。

「なめるんじゃねえ！」

怒りに震えた声が、店の中に響き渡った。

一瞬、店内は水を打ったように静まり返った。

「――何よ、びっくりするじゃないの」

その男の隣に座っていたミカが、何とか笑顔を作って、「落ちついて。ね、飲めばいい気分になるのよ」

「こんな安物、誰が飲める！」

と、男は立ち上って、高級ウイスキーのボトルをつかむと、「びんと中身はまるで別物じゃねえか。俺だって、これぐらいの区別はつくぞ」

「そんなことないって。ね、ともかく座ってよ」

「うるせえ！　俺たちが何も分らねえと思って、好き勝手しやがって！　こんな安物で一体いくら取る気だ？　十万か。二十万か。言ってみろ！」

栄はため息をついた。

「やり過ぎよ」

と、小声で呟く。

「大丈夫なのか」

と、「先生」が言った。

「放っとくしかないわ。係《かかわ》り合いにならないで」

男たちは口々に文句を言い始めた。

「ほとんど飲んだのは女たちじゃねえか！　俺は一杯しか飲んでねえ！」

「俺の財布から勝手に名刺を抜きやがって！　札も抜いたんじゃねえのか？」

「大体、何だ、不細工な女ばっかり集めやがって。金のとれる顔だと思ってるのか？」

男たちの怒鳴る声の大きさに、ホステスたちも黙ってしまった。――もしかしたら、とんでもない客に当ってしまったのかもしれない、と不安顔だ。

すると、「先生」が静かに立ち上って、そのテーブルの方へと歩み寄ったのである。

栄は止めようとしたが、間に合わなかった。

「こんな安酒が飲めるか！」

と、初めに怒鳴った男がボトルを振り回したので、中の酒が飛び散った。

そして、「先生」の顔に、もろにかかったのである。

「ちょっと！　お客さんに何するんです！」

栄が思わず叫んだ。

「――こりゃ失礼」

と、かけた方は目をパチクリさせて、「そんな所に突っ立ってるとは思わなくてね」

「先生」はハンカチを取り出して顔を拭《ふ》くと、

「少しうるさいのでね、静かにしていただこうと思いまして」

と言った。

「文句なら、この店に言ってくれ！　俺たちのことを、田舎者だと思って、馬鹿にしやがって！」

「お腹立ちは分りますがね。しかし、ケンカを売って、警察沙汰《ざた》にでもなったら、まずいんじゃありませんか？」

「警察」というひと言で、何となくみんな黙ってしまった。

「先生」は上着から札入れを出すと、中の札を抜いて、

「十万くらいある。これでこの人たちの払いはすんだことにしてくれ」

と、カウンターの上に置く。「もう、あなたたちはお帰りなさい。この次は、よく知っている人に案内してもらうことですよ」

男たちは顔を見合せていたが、やがてゾロゾロと立ち上って、店を出て行った。

「——先生、そんなことしなくても」

と、栄が駆け寄って、「こんなに濡れて」

「ちょっとトイレで顔を洗ってくるよ。別にけがしたわけでも何でもない、大丈夫だ」

「先生」は店の奥のトイレに入って行った。

「——気前いい人ねえ」

と、ホステスの一人が言った。「栄さん、うまくやったわね」

栄はムッとして、

「呑気なこと言って！　あんたたちが無茶するからでしょう！」

と言ってやったが、

「あら、私はお店のためを思ってやっただけよ」

と、平然として、むきにもならない。

栄は諦《あきら》めて、自分のいた席へ戻った。

タバコに火をつけていると、ブーン、ブーン、と妙な音がする。

何かしら？　見回しても、それらしい物は見当らない。

「——ああ」

やっと見付けた。「先生」が座っていたシートに、携帯電話が落ちていて、それがマナーモードで細かく振動しているのだ。

「先生」が〈ケータイ〉を持っているとは意外だった。何となく似合わない。

それは一旦鳴り止んだが、すぐにまた、ブーン、ブーンと蜂の羽音のような音をたて始めた。

どうしよう？

栄は少し迷ったが、席を立ってブンブン唸《うな》り続けるケータイをつかむと、トイレのドアを叩いた。

「先生、電話よ。ケータイが」

栄はそう言いながら、ドアを開けていた。

2 新しい職場

待っている時間は長いものだ。

ことに、河村布子《かわむらきぬこ》にとって、応接室でただ一人、冷《さ》めたお茶を前に、じっと座っている一時間は、ほとんど丸一日くらいの長さに感じられた。

「落ちついて。――リラックスして」

と、布子は自分に言い聞かせた。

去年の暮から十か月。何度もこんな思いをくり返して来た。それでも、また挑戦しようという気になったのは、やはり「教師稼業《かぎょう》」が好きだからだろう。

今度は予感があった。――何となく、自分がこの学校に向いているという予感が。

――布子は、ちょっと声をたてて笑った。

予感なら、これまでも何回だってあった。でも、ずっと外《はず》れて来たのだ。

「あてになるもんですか」

と呟く。

いい予感だろうが、悪い予感だろうが、現実を変える力などない。

そう。――現実は現実だ。

夫は――河村太郎《たろう》は、今ごろ何をしているだろうか？

ドアが開いた。

「お待たせしました」

その白髪《しらが》の女性校長は、どっちとも取れる笑みを浮かべていた。

「どうも」

と、布子は言った。

「職員会議が長引きましてね。ごめんなさい」

ソファにかけると、女性校長は言った。「うちで働いていただくことになりました」

布子の頬が紅潮した。

「ありがとうございます」

「とても優秀な先生だったと伺っています。学年途中なので、とりあえず産休に入る先生の代理という形ですが、来年度からは担任も持っていただきます」

「はい」

「よろしいですね」

「はい」

「私も、あなたに来ていただけて嬉しいわ」

差しのべられた手を、布子は握った。

「ありがとうございます」

「何もかも初めから打ち明けて話して下さったのが、却《かえ》って良かったのよ。信用できる方《かた》だと思ったわ」

「はい……」

「過去は過去。いつまでも引きずらずにね。あなたには、来年四月から、三十五人の子供ができるわ」

「はい」

布子は肯《うなず》いた。

ホッと息をつく。——現実なのだ。夢ではない。

「あなた、お子さんは二人？」

「はい。九歳と五歳です」

「男の子？」

「上が女で、下が男の子です」

「そう。何か学校の方でお手伝いできることがあれば、言ってね」

「母親」の言葉だった。

「——ご主人は先生じゃなかったわね」

「警官です。といっても、体を悪くして、事務職ですが」

あなた。——あなた。

布子は、少しためらってから、

「あの……主人にこのことを知らせてやりたいのですが」

「どうぞ。じき、授業が終るわ。そしたら事務室へ行って下さい。事務長が細かいことを説明します」

「ありがとうございます」

——応接室を出て、布子は静かに廊下を見回した。

ゆっくりと廊下を歩いて行く。

こっちへ行くと何があるのか、それも知らない。

それなのに、我が家を歩いているような安心感がある。

ここが——ここが、私の学校だ。

涙がにじんで来た。

担任だったクラスの子の自殺。その責任は布子一人に押し付けられ、辞めざるを得なくなった。

あの悔しさと、屈辱と。

あれから十か月。

やっと、自分の居場所を見付けたのだ。

この私立の女子校には、何もコネもなかった。校長宛に手紙を書いて、半年、返事を待った。

それだけに、採用してくれると決った喜びは大きかった。

布子は、校舎から表に一旦出ると、バッグのケータイを取り出して、夫の職場へかけた。

「――河村、おりますでしょうか。家内ですが」

以前、河村が現場で仕事していたころは、こんな風に仕事中に連絡を取ることなど、考えられなかった。

「――もしもし」

「あなた。お仕事中、ごめんなさい」

「いいよ。どうした？」

「採用が決ったの。〈M女子学院〉よ」

「良かったな」

「ええ。今、結果を聞いて。――知らせたかったの」

「おめでとう。今日はお祝いだな」

「早く帰れる？」

「ええと……。そうか、今夜は送別会がある。できるだけ早く帰る」

「無理しないで。——今度は私立だし、そう忙しいことはないと思うわ」

「うん。ともかく良かった。爽香《さやか》君にも知らせておけよ」

「そうするわ」

布子は、夫の明るい声を聞いて、嬉しかった。

刑事として、第一線にいたときの河村は輝いていた。しかし、胃をやられて大手術を受け、現場に出ることはなくなった。

河村にとっては、クビになるより辛いことだったかもしれない……。

布子は、ケータイのボタンを押した。

「——もしもし、〈Pハウス〉？　杉原《すぎはら》爽香さんをお願いします」


「——ここの第一印象は？」

と、爽香は訊いた。

「はい。あの……清潔さです」

迷わずに答えている。

この子はなかなかいい。——爽香は直感的にそう思った。

「ここでの仕事について、何か調べて来ましたか？」

「あまり……。大学の方が忙しくて」

「大学生ですものね」

爽香が微笑《ほほえ》むと、相手の女の子はホッとした様子だった。

「――杉原さん、お電話です」

と呼ばれて、

「ごめんなさい。すぐ戻ります」

面接中の中座も、相手を落ちつかせるにはいい。

爽香は廊下へ出て、手近な電話を取った。

「――お待たせしました。杉原でございます」

「布子よ」

「あ、先生」

「今日ね、やっと働き口が見付かったの」

「良かった！　どこですか？」

「〈M女子学院〉。私立の女子校で、大分勝手は違いそうだけど」

と、布子は言った。「心配かけたわね」

「先生が浪人してるなんて、もったいないですよ。お祝いしましょ」

「その内ね」

布子は照れたように言って、「ごぶさたしてるけど、明男《あきお》君は元気？」

「夏の終りにバテて少しダウンしましたけど、もう元気です」

「今年は暑かったものね」

「ともかく、おめでとうございます」

「ありがとう。――お仕事中、ごめんなさいね」

布子の声が明るく弾《はず》んでいる。

良かった、と爽香は思った。

受話器を置くと、

「あら、爽香さん」

スターがやって来た。

栗崎英子《くりさきひでこ》である。

このケア付き高級マンション〈Pハウス〉で暮しているが、今も現役の女優。七十一歳になるが、至って元気だ。

「昨日も顔を見なかったわね」

「今、新入社員の面接なんです」

「あなたが面接？」

「こう見えても、もう二十九歳です。ベテランなんですよ」

小柄《こがら》で童顔の爽香は、メガネをかけているせいもあって、下手をすれば学生に見られてしまう。

「私なら、あなたに落とされそうね」

と、英子は笑って言った。

「映画はもうアップしたんですか？」

「あと二、三日、セットがあるわ」

「ご苦労様でした」

「男相手に立ち回りまでやっちゃったわ」

と、英子は笑って、「どうせなら、ラブシーンの方が良かったけどね」

七十を過ぎても、英子は充分に美しい。

それは、長い間の様々な努力と修練《しゅうれん》と、そして経験の蓄積が、内面から輝いているからである。

もちろん、「スター」らしいわがままや世間知らずのところもあるが、それはむしろ「自由に生きている」姿に見えるのだ。

「――じゃ、面接相手を待たせてますので」

と、爽香は言った。

「試写を見に来てね」

「はい、必ず」

爽香は会議室へと戻って行った。

決ったのか。

河村は、布子からの電話を切ると、しばらくぼんやりしていた。

どうせ大した仕事はない。——机に向ってさえいれば、何も言われないのだ。

布子が新しい職場を見付けたことは、もちろん嬉しい。しかし、ただ喜んでいるわけにはいかない。

河村は席を立つと、

「ちょっとコーヒーを一杯飲んでくる」

と、隣の席の女性に言った。

「胃に悪いんじゃ？」

と、冷やかされる。

河村は、ロビーへ出ると、公衆電話の所で足を止めた。寄るときは必ず電話する。そういう約束である。

河村は少しためらったが、ポケットからテレホンカードを出した。

「——もしもし」

「僕だ」

「今夜、来るでしょ？　食事の支度《したく》、始めちゃったわよ」

「うん、行くよ」

「七時には来てね」

「間に合うと思う」

「待ってるわ」

「何か買ってくものは？」

「そうね……。今はいいわ」

「分った」

河村は、少し間を置いて、「静かだな」

「今、お乳を飲んで眠ったところよ」

「そうか」

「早く来てね」

「うん」

——河村は電話を切った。

早川《はやかわ》志乃《しの》。

河村が事件の捜査を通じて知り合った女だ。

布子が多忙で、河村との間にいつしか溝《みぞ》ができていた。

そこへ早川志乃が入り込んで来たのだ……。

志乃は河村の子を身ごもった。

河村も、志乃に「産むな」とは言えなかった。——今、生後一か月の女の子が、志乃の腕の中で、父親を待っているのだ。

布子……。

河村は、この事実を、いつ、どう妻へ話すか決めかねて、途方にくれていたのだった。

3 貸し借り

「もう、帰った方がいいんじゃない？」

と、早川志乃が言った。

「うん……」

河村は時計を見て、「じゃ、行くか」

「抱っこして行ってよ」

「ああ」

河村は、オムツを替えてもらってご機嫌のいい「あかね」の顔を覗《のぞ》き込んだ。

ベビーベッドの中で、この世に生れ出てまだやっと一か月の命は、しかし確実に成長していた。

「何だか怖いな。大丈夫か」

「頼りないわね。赤ちゃんを抱いたことがないわけでもないのに」

「もう忘れたよ」

それでも、河村はこわごわ赤ん坊を抱き上げた。

小さな命が、腕の中で思い切り手足を振り回している。

「おい、あんまり動かないでくれ。落っことしそうだ」

と言いながら、つい河村の顔はほころんだ。

もちろん、このあかねを巡って、これから大変なトラブルが起るに違いないことは分っている。しかし、間違いなく「我が子」であり、生れて来た子には何の責任もない……。

早川志乃は、出産の疲れが、まだ少しやつれたその様子に跡を止《とど》めていた。学校はとっくに辞め、それまでの貯金と、河村が都合した金とで出産したのである。

しかし、いつまでも休んではいられない。何か仕事をして稼がなくては、といつも言っていた。

「——じゃ、私が抱くわ。支度して」

「うん」

早川志乃は、無事にあかねを生んで、ずいぶん変った。

以前なら、アパートへ来た河村に、「そろそろ帰ったら」などとは決して言わなかった。

河村は、そんな志乃に感謝していたが、その一方で、

「帰らないで！」

と、引き止められ、困らされていたときのことを思い出して、今は何だか物足りない気がし

たりする。

勝手なものである。

河村は、志乃が赤ちゃんの小さな手を取って、

「ほら、パパにバイバイね」

と振って見せるのを見て、

「――布子の勤め先が決ったよ」

と言った。

志乃は、ちょっと間を置いて、

「良かったわね」

「今日、電話で知らせて来た。何とかいう私立の女子校だそうだ」

本当なら、言わない方が良かったのだろう。しかし、志乃がちゃんと河村を帰宅させようとしているのを見て、隠しておくのは不公平だと思ったのだ。

「おめでとう。やっぱり先生は強いわね。私みたいに保健室じゃ、雇ってくれる所はないわ」

と、志乃はちょっと笑って言った。

「――な、もう少し待ってくれ。決ったといっても、すぐには……」

「約束よ。奥さんの仕事が見付かったら、この子のことをちゃんと話すって」

「うん……。分ってる」

自分でそう言ったのだ。

「——でも、いいわ。あと一か月、待ってあげる」

と、志乃は微笑んで、「でも、それ以上は待たないわよ」

「うん。必ず話すよ」

話すといって——何と言えばいいのか？

河村は、とりあえず一か月、その時を先に延すことができて、ホッとしていた。

「私、奥さんと別れろなんて言ってないのよ。ただ、この子のことは、ちゃんと認知してほしいの」

「分ってる」

河村は志乃の頬に唇《くちびる》をつけると、「また来るよ」

「いつ？」

「そうだな……。来週には」

「じゃ、月曜日。いいわね」

今の河村には、「忙しい」という言いわけができない。

「月曜日に」

河村は、あかねの丸い頬っぺたをちょっと指でつついて、「じゃ、行くよ」

と言った……。

アパートを出ても、まだ河村は気が抜けなかった。

志乃が必ず窓から見送っているのである。

河村が振り向くと、いつもの通り、窓辺に立つ志乃の姿がシルエットで浮かんでいた。

河村が手を振る。そのシルエットも、手を振った。

——一か月か。

再び歩き出した河村に、その「タイムリミット」が重くのしかかった。

一か月など、アッという間だ。特に、「もっと長ければいいのに」と思っているときはなおさらである。

駅への道を急ぎながら、河村は上着の内ポケットからケータイを取り出して自宅へかけた。

「はい」

「僕だ。——遅くなってすまない」

「お祝いのごちそうは、爽子《さわこ》と達《たつ》ちゃんと私で食べちゃったわよ」

と、布子は言って笑うと、「少しおかずが取ってあるけど、どうする?」

「軽くお茶漬《ちゃづけ》でもするよ」

と、河村が言うと、電話口のそばで、

「お祝いは明日だよ! ちゃんと帰って来てね!」

と、爽子が大声で言った。

「分った。明日は何もないから、五時で帰るよ」

「あとどれくらい?」

「家まで?　四十分くらいかな」

「分った。お風呂、入れておくから」

「うん。先に入っててくれ」

河村はそう言って、通話を切った。

「――布子」

と、妻の名を呟く。

今夜、「送別会がある」と言った河村の言葉を、果して布子が信じたかどうか、それは分らなかった。

いや、いつもあれこれ口実《こうじつ》をつけて早川志乃の所へ寄っている河村だが、布子だって、その内の、少なくともいくつかは事実でないと分っているはずだ。それでも、布子は今、表立って怒ったり、夫を問い詰めたりしない。

そうして夫を追い詰めれば、却ってマイナスの結果しかもたらさないと思っているからだろう。

そして、責められなくても、河村は充分に自分を責めている。

河村は、布子が新しい職場を見付けて、しばらくはそこに慣れるだけで手一杯になるだろうと思うとホッとした。――それは、河村と早川志乃のことを忘れてくれるからだけではない。やはり、教師という仕事を生きがいにしていた布子が、その職から離れている姿を見るのは、河村としても辛かったのである。

ともかく、良かった。

――河村は、住宅地の中を通り抜けていた。

そう遅い時間でもないのだが、人通りも車も少ないので、夜中のように寂しい。

「四十分で帰る」

と言ったので、河村は少し足どりを速めた。

すると――女の悲鳴が聞こえたのだ。

足が止る。

今のは？　――どこから聞こえたのだろう？

何か事件が起ったときの叫び声というのは、たとえば友だち同士でふざけ合って上げる声とは全く違う。

今の声は、切迫した声だった。

どこだ？　――河村は左右を見回した。

そのとき、

「助けて！」

　という叫びと共に、家の間の狭い道から、女が一人、転がるようにして出て来た。

「どうした！」

　河村は駆け寄った。

「刺されたの……。助けて……」

　女は河村にしがみついて来た。

「大丈夫か！　しっかりしろ！」

　女が崩れ落ちるように倒れる。河村は自分の両手にべっとりと血がついているのを見た。

　ひどいけがだ。救急車を呼ばなくては。

　そう思ったとき、河村はもう一人、人の気配を感じて顔を上げた。

　今、女が出て来た細い道に、人影が立っていた。

　そこは街灯の光も届かず、暗かったから、その人間の様子は全く分らなかったが、ともかくそこに人がいることは分った。

　この女を刺した犯人という可能性が高い。

「誰だ！」

　と、河村は怒鳴った。「こっちへ出て来い！」

　河村の中に、「現場」を前にした熱さが戻っていた。

「警察だ！　おとなしく出て来い！」

とっさのことで、そう名のった。

相手はおそらく刃物を持っている。河村は何も持っていない。ともかく今は、この刺された女性を助けることが先決だと思ったのである。

警察と聞いて、相手が後ずさるのが分った。そして、素早く道の奥へと駆け出して行く。

「――もう大丈夫だ。しっかりしろよ」

と、河村は呼びかけたが、倒れた女は返事をしなかった。

河村はハンカチで手についた血を拭《ぬぐ》うと、ケータイを取り出して、急いで救急車とパトカーを要請した。

「――すぐ救急車が来る」

かがみ込んで、女に呼びかけると、女は少し身動きして、呻《うめ》いた。

「じっとして。――出血がひどい」

背中を刺されているらしく、服の背中は血に染っていた。

「辛抱してろよ。すぐ救急車が来るからな」

出血を止めようと、河村は女の背中を見た。

これは助からないかもしれない。――河村はその出血を見て思った。

「あの子を……」

と、女が苦しげに言った。

「何だ？——あの子？」

「さとみが……」

「君の娘か？」

女は小さく肯くと、

「あの子は一人ぼっちに……。さとみ……。さとみ！」

と、くり返した。

救急車が駆けつけるまでの何分かは、とんでもなく長く感じられた。

パトカーもほとんど同時にやってくる。

河村が身分を明かして、犯人の逃げた方を教えると、すぐに捜索が始まった。

「——これは、もうだめかな」

と、救急隊員が首を振って、「ともかく、できるだけのことは……」

「よろしく頼む」

河村は、女が救急車に運び込まれるのを見ながら、自分も服がひどく血で汚れているのに気付いた。

「——河村さん。その道で、このバッグを見付けました。あの女のでしょうか」

「そうだろう。名前や住所の分るものは身につけていなかった。——娘がいるらしい。知らせてやらないと」

河村はバッグの中身を調べた。

バーの名の入った名刺。ホステスなのか。

手帳が入っていた。〈荻原栄〉の名と電話番号を見付ける。

河村は、救急車の行先を確認してから、その番号へかけた。

しばらく呼出し音が鳴って、かけ直そうかと思ったとき、向うが出た。

「お母さん？　今、一郎とお風呂から出て、パジャマ着せてたの。私、まだ裸だよ。もう帰ってくる？　――もしもし」

「荻原さんのお宅？」

河村の声に、向うの女の子は絶句して、

「――ごめんなさい！　てっきり母かと……」

「いや、いいんだ。荻原栄さんは、お母さんだね」

「はい、そうですけど……」

「君はさとみ君？」

「はい。あの――」

「僕は警察の者だ」

向うで、息をのむ気配があった。

手帳に、〈里美〉〈一郎〉という名がある。

「あの……お母さんが……」

「悪い知らせだ。誰かに刺された」

「刺された……」

「今、救急車で、近くのS大病院へ運んでる。犯人はまだ捕まってないが。──里美君、病院へ来てくれるか」

少し間があった。

「──弟がいるんです」

と、里美が言った。「まだ二つなんで、寝かしつけないと。弟が眠ったら、行きます」

「分った」

「たぶん──母もそうしてほしいだろうと思いますから」

しっかりした子だ。河村は感心した。

「お父さんはいないの？」

「父はいません」

と、里美は言った。「母と私と弟の三人家族です」

「お母さんは今日、お店に？」

「いえ、今日は休んで誰かと出かけると言っていました」

向うで子供の声がした。「すみません、弟が――」

「分った。出られるようになったら、僕のこのケータイへかけてくれるか。病院の場所を説明する」

「はい」

――河村は通話を切って、あの母親が、何とか助かってくれるといいが、と心から願った。

4　殺人へ

「河村さん？」

聞き憶えのある声に、河村は振り返って、

「野口《のぐち》か！」

かつて、河村の部下だった、野口刑事が病院の廊下をやって来たのである。

「どうしたんです？　けがですか？」

野口が河村を見て言った。

「いや、俺の血じゃない。偶然、刺された女が逃げてくるのに出くわしたんだ」

「良かった！　ギョッとしましたよ」

野口は、犯人に刺されて重傷を負ったことがある。

「さっき、うちへ電話を入れといた。布子が心配してたよ」

「そりゃそうですよ。帰ってあげて下さい。後は僕が――」

「いや、ああして出会ったのは運命だ。俺が見届ける」

河村の強い口調に、野口はそれ以上何も言わなかった。

「――犯人は逃走したようですね。今、不審な車がないか、周辺を当っていますが」

「もうとっくにどこか遠くへ行ってるよ」

河村の言葉に、

「どうしてです？」

と、野口が訊いた。

「俺は、犯人を見たんだ。暗い道で、何も分らなかったが、俺が警察だと名のると、向うはスパッと諦めて逃げた。もし、カッとなっての犯行なら、あんなに素早く行動できないと思う」

説明しながら、河村自身も納得《なっとく》していた。

「なるほど」

野口が肯く。「さすがですね、河村さん」

「お世辞言っても何も出ないぜ」

と、河村は言った。

「被害者はどうです？」

「今、手術中だが、厳しいところだ」

「どういう女です？」

「バーのホステスだ。今夜は休んで誰かと出かけてたらしい」

「犯人は計画的に……」

「荻原栄というんだ。娘と息子がいる」

「可哀そうに」

「今、その女の子がここへ来るはずだ。母親の付合ってた男について、少しでも知ってるといいんだが」

——河村にも分っていた。

今、自分は実際の事件捜査を担当できない。分ってはいたが、偶然出会ったこの事件は、自分に与えられた「機会」のように思えたのである。

上司から「手を引け」と命令されるまで、河村は知らん顔で捜査に当るつもりだった。

「まだ一線でやれる」

と、上に対して立証して見せたかったのかもしれない。

河村は、野口が薄手のコートを引っかけているのを見て、

「野口、すまんが、そのコートを貸してくれないか」

「いいですよ」

「上着がこう血だらけじゃ、みんなびっくりする」

「着て帰って下さい。ついでのとき、取りに行きますよ」

「すまん」

河村はコートを借りてはおった。

「――刑事さん？」

振り向くと、白衣の医師が、くたびれた様子でやってくる。

「先生、どうですか」

「出血がひどくて……。心臓がもちませんでした」

「というと――」

「手術中に息を引き取りました」

聞いていた野口が、

「殺人事件ですね」

と言った。

「ああ。――捜査一課へ連絡してくれ」

「分りました」

野口が足早に立ち去ると、入れ違いに十六、七の少女がやって来た。

あれか。――悪いタイミングだ。

河村は、医師から話してもらおうと思ったが、もう医師は他の患者のことで看護婦と何やら話し込んでいる。

「あの……」

と、少女がおずおずと、「荻原といいますけど……」

「里美君だね。電話した河村だ」

「あ、どうも」

里美はホッとした様子で、「遅くなってすみません。やっぱりいつもと様子が違うせいか、一郎がなかなか眠らなくて」

「大変だね」

こういう状況にも、何度か出くわしたことがある。

経験から言って、余計な感傷は加えずに、事務的に話した方がいいのだ。

「お母さん――母はどうでしょうか」

と、里美が訊いた。

「里美君、お気の毒だが、手術中に亡くなったよ」

里美が凍りつく。

「――本当に残念だ」

と、河村は続けた。「必ず犯人を捕まえてみせるよ」

里美は、小さく肯く。

「このことを知らせる人は？　親戚の人、おじさんとかおばさんとか……」

里美は首を振って、

「いません。——誰も」

「そうか。じゃ、君と弟さんの二人だけが残されたわけか」

「一郎……。一郎が目をさまして泣いてたら……。お母さんに早く帰って来てもらわないと……」

里美は半分放心したように、「お母さんと話せますか？」

「会うことはできるよ。でも、話せない。亡くなってしまったからね」

河村は、急ぎ足でやって来た看護婦へ、「あの——荻原栄さんの娘さんなんですが、母親に会えますか？」

と、声をかけた。

「あら。——そうですか。残念だったわ。お母さん、手術の間もよく頑張ってたんだけど、もう少しというところでね。少し待ってね。ちゃんときれいにして、会ってもらえるようにするから。——こっちへ来て、座っててちょうだい」

里美は促《うなが》されるままに、長椅子の方へ歩き出したが、数歩行ったところで足を止めると、背筋を伸した。

「看護婦さん、お母さん、死んだんですね」

と、しっかりした声で訊く。

「ええ」

「じゃ、私、帰らないと。弟がまだ二つなんです。寝かしつけて出て来たけど、夜中にオムツが濡れて泣いてるかもしれないから」

「まあ……」

「朝、保育園へ連れてって、頼んで来ます。それからお母さんに会いに来ます」

「分ったわ。ちゃんとしておくから」

里美が深く頭を下げて、

「よろしくお願いします」

と言った。

看護婦は、年齢から見て、自分も子供がいるのだろう、涙ぐんで、

「オムツの買い置きとか、食べさせるものとか、あるの?」

と訊いた。

河村は、野口の方へ、

「俺はパトカーでこの子を送ってくる。お前ここにいてくれるか」

「分りました」

河村は里美の肩へそっと手をかけて、

「家まで送るよ。さあ行こう」

と促した。

——野口は、河村が少女を連れて行ってしまうと、

「電話を借ります」

と、ナースステーションへ行って、声をかけた。

「——もしもし」

「河村でございます」

「野口です」

「——まあ」

と、布子が言った。「お久しぶりね」

「今、河村さんと一緒になって」

事情を聞いて、布子は、

「まあ、あの人ったら……。さっきの電話でいやに張り切ってると思ったら」

「その内、上司からストップがかかるでしょう。それまでは、やりたいようにさせてあげればいいと思います」

「でも——クビになったりしないかしら。私もやっと次の職場が見付かったところなの。主人の収入が途絶えると困るわ」

「ご心配なく。僕がうまくやります」

「お願いね、野口さん」

——少しの間、二人は黙った。

「奥さん」

「大変だったの、色々と」

「——ええ」

「あなたの方は変りない？　恋人でもできた？」

「好きな相手はいますが、向うが好いてくれないので」

野口は、布子に思いを寄せているのだ。

「野口さん……」

「ご心配なく。ご迷惑はかけません」

「ありがとう」

「——河村さんと、うまくいってますか」

「そうでもないわ。表立ってケンカはしないけど」

と、布子は言って、「主人、彼女のことは何か？」

「あの女……早川志乃でしたっけ」

「ええ。このところ何も言って来ないんだけど」

布子は少しためらってから、「——彼女のところに、赤ちゃんが……」

「まさか」

「あの人、自分じゃ気付いてないけど、ときどき、母乳やミルクの甘い匂いをさせて帰ってくるの。——怖くて訊けないけど」

「それがもし……」

「あの人から言い出すのを待ってるのよ」

と、布子は言った。「毎月、経済的に援助するとかいう話になったら、今のうちの収入じゃ大変だわ」

「まさかそこまで……」

「分らないわ。あの人に、責任逃れはしてほしくない」

「奥さん。何かのときは、相談して下さい。僕があの女と話しますよ」

「ありがとう、野口さん。でも、これは私たちだけの問題よ」

布子はそう言って、「——主人、まだしばらく帰らないわね。先に寝るわ」

「そうして下さい。それと、上着に血が」

「用意しておくわ。ありがとう」

「いいえ」

野口は、二言三言、子供たちのことを訊いてから電話を切った。

「——変らないな」

久々に聞いた布子の声。
野口の胸は、久しぶりに熱く燃えていた……。

5 華やかな夜

「どうしても?」

「どうしても!」

——鏡の前で、情ない顔をしているのは、明男である。

「だって……タキシードなんて、似合わないよ。ボーイと間違えられるのがオチだ」

明男は、鏡の中の、タキシード、蝶ネクタイ、銀のカフスボタン、紫のカマーベルトという我が姿を、信じられない気分で見つめていた。

「あら、似合ってるわよ。大丈夫」

「何だか……自分の体じゃないみたいで、貧血起しそうだ」

「慣れるわよ。——さ、もうじき迎えの車が来るわ」

杉原爽香は、頭につけた花の形の飾りが落ちそうな気がして、しきりに直している。

「もう一回トイレに行っとく」

「ホテルにだって、トイレくらいあるわよ」

「分ってるけど……」

と、明男がトイレへ。

爽香は苦笑いして、

「私だって、好きでこんな格好してるんじゃないわよ」

と、ひとり言を言いながら、自分のスタイルをチェックした。

イヴニングドレス。——もちろん借り物である。

こんなもの着るのは結婚式以来だが、たまには悪くない。

「バッグがね……。ま、いいか」

パーティ用のバッグなんか持っていない。何とか、おかしくないのを見付けたが、色が合わない。

でも、いいだろう。映画スターじゃないんだから。

玄関のチャイムが鳴った。——迎えの車だろうか？

「はい」

と、玄関へ出て行くと、

「爽香、まだいたのね」

という声。

「今日子《きょうこ》？」

旧友、浜田《はまだ》今日子だ。

急いでドアを開けると、

「おお！　馬子にも衣装だ」

「人をからかいに来たの？」

「違うよ。これ、貸してやろうと思ってさ」

女医の浜田今日子は、割合ブランド品好きである。差し出したのは、パーティ用の小さなバッグ。

「今日子……。サンキュー！」

「そのドレスに合うでしょ」

貸衣装でこのドレスを借りるとき、爽香は今日子を引張って行って、見立ててもらったのだ。

「ありがとう。バッグだけが気になってたの」

「これで完璧！」

と、今日子が満足げに肯く。

そこへ、明男がトイレから出て来た。

「何だ、今日子か」

今日子は明男のタキシード姿に一瞬絶句したが、

「――悪くないよ、明男」

「お世辞言うな」

「本当よ。ちゃんと見るに耐える」

「ほめてるつもりか？」

爽香は電話が鳴り出したので急いで出た。

「――杉原です。――あ、ご苦労様です」

爽香はすぐに切って、「迎えの車。広い通りで待ってるって。行こうか。今日子、わざわざありがとう」

「どういたしまして」

「おい、待てよ。この格好で歩いてくのか？　大通りまで？」

「仕方ないじゃない。別に裸で歩こうってわけじゃないからいいじゃないの」

「だけど……」

渋る明男をせかして、爽香はアパートを出た。

「――今晩は」

表に出たところで、同じアパートの人と出会い、爽香はにこやかに挨拶した。

「今晩は。――まあ、誰かと思ったわ」

「ちょっとパーティで」

「とってもすてきよ」

「ありがとうございます」

爽香は堂々としているが、明男の方は今にも逃げ出してしまいそうだった。

――今夜、爽香は勤め先〈Pハウス〉の親会社〈G興産〉のパーティに招《よ》ばれている。社長の田端将夫《たばたまさお》が、新たに計画している「一般向け高齢者用住宅」について、爽香はその準備室のスタッフに加わっていた。田端の強い希望によるものだ。

〈Pハウス〉での仕事は徐々に新人に任せて行き、最終的には爽香は〈G興産〉の社員になる。――田端と、母親の田端真保《まほ》の二人から、爽香はそう申し渡されていた。

今夜のパーティで、田端は出席している関連企業、取引先に、新しい計画の概要を発表することになっているので、

「君も出席してくれよ。いいね」

と、念を押されてしまったのだ。

「――あの車?」

と、明男が目を丸くして言った。

大通りへ出たところに、ギョッとするほどボディの長いリムジンが待っていたのだ。

「――杉原様でいらっしゃいますね」

白手袋の運転手が、ドアを開けて待つ。

「はい……」

さすがに、爽香もいささか気後《きおく》れして、「失礼します……」

と、乗り込んだ。

中は向い合せのサロンのような座席になっている。

二人がともかくシートに落ちつくと、リムジンは静かに動き出した。

「滑らかだな。——うちのトラックとは大違いだ」

と、明男は感心している。

「まるでハリウッドスターだね」

と、爽香も呆《あき》れていた。

「——本当にいいのか？　僕なんかが行っても」

「言ったじゃないの。アメリカのお客さんが大勢みえるから、夫婦でないと、って言われたのよ」

「だって、英語しゃべれないぜ」

「私だってよ」

自慢するほどのことでもないけど。

ともかく、二人は目的地が近付くにつれ、徐々に緊張していたのだった……。

「——悪くないな」

大きなリムジンの座席で小さくなっていた明男だが、約一時間後には結構楽しげにパーティ会場を歩き回っていた。

つまり、こういうホテルの広い宴会場を借りて開かれる立食パーティというものは、実はほとんどお互いに知らない同士が集まっているので、口をききたくないと思えば、簡単なのだ。自分から誰にも話しかけず、ひたすら出されている料理を皿に取って食べていればいい。

そのこつを見抜くと、明男は呑気に料理を味わうことにした。

それでも、パーティ初めの二十分くらいは大変だった。

田端将夫の挨拶と、爽香も係っている新しいプロジェクトに関しての説明があり、それから乾杯となったのだが、そのとき、田端はわざわざ爽香を壇上に呼んで、パーティの客へ紹介したのである。

おかげで、歓談の時間になると、爽香の所には挨拶に来る業者や、面白半分、見に来る物好きが次々に訪れて来た。

田端は爽香を引張り出し、「本当に必要な相手」に紹介して回ったのである。

これには明男も付合わされて参った。中にはアメリカ人もいたのだから！

しかし、ともかく明男はひたすら頭を下げ「今日は」で押し通した。

「ハウ・アー・ユー」

とか、

「ハウ・ドゥ・ユー・ドゥ」

くらいは明男だって憶えているが、どうせその先はないのだ。

田端だって、英語ペラペラというわけではないので、ちゃんとすぐそばに通訳がピタリとくっついて歩いていた。

ひと通り、何人かの人に紹介されてから、爽香は明男へ、

「この後は、もっと具体的な話になるから、明男、食べてていいよ」

と、小声で言った。

明男はありがたく妻の言葉に従うことにしたのである。

「――このチキンがおいしいわよ」

という声がした。

「あ、そう」

明男は何気なくそう言って――その声のした方を振り向いてびっくりした。「君……」

そこにはいたずらっぽい笑顔があった。

「舞《まい》ちゃん！　何してるんだい、ここで？」

――三宅《みやけ》舞だったのである。

明男が軽井沢《かるいざわ》までスキーを運んで行ったときに知り合った女子大生。

明男の通う営業所に近い所に住み、父親は営業所の「お得意様」である。

「私、別に明男さんをつけ回してるわけじゃないのよ」

と、舞が言った。「父について来たの。この〈G興産〉って、父の会社の取引先だから」

「そうか」

明男は笑って、「いや、追い回されてるなんて思ってないよ」

舞は、目のさめるようなオレンジ色のワンピースを着て、それがまたよく似合っていた。

パッと華やかさを振りまいているような雰囲気の持主だ。

「——じゃ、おすすめに従って、チキンをもらおうか」

「うん。おいしいよ」

舞が明男を見て微笑む。

「笑うなよ。好きでこんな格好してんじゃないぜ」

と、明男が苦笑した。

「あ、ソース、服につけないようにしてね」

皿に取ったチキンを食べてみると、確かにおいしい。

「——すてきよ。明男さんのそういう格好も」

「窮屈で死にそうだ」

「奥さん、初めて見た」

と、舞は言った。「とっても落ちついてるのね」

「写真、見せたことあるだろ」

「でも、全然印象が違う。写真だと可愛い感じだったけど、こうやって見てると、何となく近寄り難い感じ」

「そんなことない。今夜は特別さ。あんな格好してるから」

「そうじゃないわ。明男さんはいつもそばにいるから、却って分らないのよ。私、女だから分るわ。――〈G興産〉の社長さんが頼りにしてるのも分る」

明男は、大学生の舞が冷静な目で爽香のことを見ているのに、少し驚いた。

爽香は、明男と舞が時々――といっても、明男の仕事も忙しく、月に一度くらいのものだが――会っていることを知らない。

といって、明男は舞に手を触れたことはない。あくまで休みの日の昼間などに、軽く食事をしながらおしゃべりを楽しむだけだ。

おそらく、舞の方では明男に単なる「年上の友だち」という以上の気持を抱いている。――これは明男の印象だけのことだが。

俺のうぬぼれかな?

明男はそうも思うのだが、少なくとも「殺人犯として服役した」ということだけで、舞が明男に関心を持っているわけでないのは確かである。

「――これ、本当に旨《うま》いや」

と、明男は舞のすすめたチキンを食べて言った。

「でしょ？」

と、舞が嬉しそうな笑顔になる。

そんな笑顔は、ハッとするほど少女らしく、あどけない印象すらある。

「ここにいたのか」

タキシードを窮屈そうに着込んだ太った男がやって来た。

「お父さん。やっぱり小さいんじゃない、そのタキシード？」

と、舞が言った。

「仕方ないだろう。わざわざ今日一日のために買ってられるか」

これが舞の父親か。——会うのは初めてだった。

明男は、口に頬ばったチキンをあわてて飲み込んで、目を白黒させた。

「お父さん」

と、舞は言った。「こちら、杉原さん。軽井沢でけがしたとき、お世話になったのよ」

明男は、舞が上手く紹介するのに感心してしまった。

「これはどうも、舞の父です」

三宅は名刺を出して明男に渡した。

「どうも。いつもお世話に——」

と、つい言いそうになって、あわてて、「いえ、『お世話』というほどのことはしていませんし」

と言い直した。

舞が笑いをこらえている。

「ちょっと——今は名刺を持っておりませんので。杉原明男です」

「いや、よろしく。——舞、父さんはちょっと同業の人と話してるからな」

「うん。私、適当にやってる」

「杉原さん、娘をよろしく」

三宅はそう言って、急いで行ってしまった。

「——ドキッとしたよ」

「あら、別に悪いことなんかしてないわ」

「そりゃそうだけど」

そのとき、会場の入口がざわついた。

「——誰か来たらしいね」

「え？　タレントか何か？」

と、舞がのび上る。

明男は、人々の間を大股にやってくる長身の男を見て、

「見たことあるな」

と呟いた。

その男は上に立つ者の自信を漲《みなぎ》らせ、人の目を引きつけていた。

「誰だっけ、あれ？」

と、明男は言った。

「成田《なりた》功《いさお》だわ」

「――誰？」

「成田功。――S大の教授で、何かの大臣に起用された人よ」

「ああ、そうか……」

道理で見た顔だと思った。

明男は、その「何とか大臣」の周りにたちまち人垣ができるのを、舞と二人で眺めていた。

6　暗い道

「先生、どうも」

田端将夫は、成田功と固く握手をした。「お忙しいのに、おいでいただいて」

「いや、君になら『先生』と呼ばれても気にならないけどね」

と、成田は笑顔で言った。「よそのパーティじゃ、『先生』の大安売をやってるみたいだ。日本人は『先生』が好きだね」

「――僕の仕事のパートナー、杉原爽香君です」

爽香は、田端の紹介の仕方にギョッとして、「後で文句を言ってやろう」と思いながら、

「ご活躍を拝見しております」

と、成田に言った。

「君が、田端君の言った〈隠《かく》し球《だま》〉か」

「社長がそんなことを？　買いかぶっているんですわ」

成田は笑って、

「学生のころから、田端君は人の気を引くのが上手《うま》かったよ」

「今夜のパーティも、先生の気を引くためです」

と、田端は言った。「お時間を取らせては申しわけないので、前もって資料はお送りしましたが……」

「うん、見たよ」

成田には、大臣なのでSPが付き添っている。——爽香は、SPの無遠慮な目がジロジロと自分を眺め回しているのを感じていた。

女テロリストか何かで、スカートをめくると小型ピストルでも隠してるとでも思ってるのかしら？

もう一人、律儀《りちぎ》さを絵に描いたような青年が、成田のそばに影のように立って身じろぎもしない。秘書の鑑《かがみ》、とでも言うべきか。

「かけましょう」

パーティの会場の一隅を衝立《ついたて》で仕切って、椅子とテーブルが置いてある。

「先生、お飲物は」

「うん、それじゃビールをもらおうか。一杯飲みたい。——今夜、ここで四つめだよ、パーティは」

「大変ですね。この後も？」

「いや、これで最後だ。少しゆっくりしたくて、ラストに回したんだ」

爽香が近くのボーイにビールを持って来るよう言ってから、田端と並んで腰をおろした。

成田功は、TVでよく見る印象よりは老けて見えた。それでも、政界を渡り歩いて来た政治家とは違う、知的な雰囲気を具《そな》えているのは、何といっても現役のS大教授だからだろう。

「大学の方は休職扱いだ。早く研究室に戻りたいよ」

と、成田は言って、「——や、ありがとう」

運ばれて来た、冷えたビールを一気に飲み干すと、

「——旨い！」

と、息を吐いた。「ごちそうさん。——いや、もうこれで充分」

「僕のプランですが、どんな印象をお持ちでした？」

「いいことじゃないか。日本の企業人は、商売は達者でも、社会へ還元するということを知らない。使う方にはやたらうるさい。君があゝいうプランを考えていると知って嬉しかったよ」

「ありがとうございます！　この杉原君は、〈Pハウス〉で長いこと実際の現場を見て来ていますので」

「ああ、あの高級マンションか。僕はとても入れないけどね」

と、成田は笑って言った。「しかし、現場を知ってるってことは大切だ。それが一番強いことだよ」

爽香にも、田端の意図がやっと分って来た。今夜、わざわざ爽香に盛装で出席させたのも、成田への印象を強くするためなのだ。

今度の新しいプロジェクトを立ち上げるのに、成田に力添えしてもらいたい。——それが田端の考えであることは間違いないだろう。

——成田は二十分ほどいて、帰ることになった。

「お送りします」

と、爽香が言うと、

「ありがとう。おい、田端君。僕はこの杉原君に送ってもらうから」

「先生、彼女は人妻ですよ」

と、田端が真面目くさって言った……。

爽香は、成田を宴会場の車寄せまで送って行った。

もちろん、秘書とSPがついて歩いている。

「——田端君は君のことをずいぶん買ってるようだな」

と、歩きながら成田が言った。

「私には荷が重いですわ」

「いや、あいつは学生のころから、ふしぎと人を見る目はあったよ」

と、成田は言った。

すぐに車寄せへ出る。――車はもう待機していた。

「お気を付けて。本当にありがとうございました」

と、爽香が頭を下げる。

「しっかりやってくれ」

「ありがとうございます」

成田の車が走り去るまで見送って、爽香はホッと息をついた。

いくら「異色のタイプ」といっても、やはり政治家らしい雰囲気も持ち合せていて、爽香はそういう空気が苦手である。

「――三宅様ですね。すぐ車をお呼びいたします」

ボーイがマイクで駐車場の車を呼んでいる。

爽香は、パーティ会場へ戻ろうとして、タキシードを窮屈そうに着た男と危うくぶつかりそうになった。

「失礼しました」

「いやいや」

行きかけた爽香へ、男は呼びかけた。

「あんたは――さっき、パーティで田端さんが紹介した人だね」

「はい」

「そうか。田端さんとは父親の代から付合わせてもらってる。気持のいい人だ」

「どうぞよろしく」

「私は三宅だ。娘と来てるんだが――。どこへ行っちまったかな。いや、引き止めて失礼した」

爽香はそのとき、ハイヤーが車寄せに着いて、ゆったりしたドレスの女性が降りて来るのを見た。

「失礼します」

と、三宅へ言って、車の方へ。「――祐子《ゆうこ》さん」

「あら、爽香さん、すてきね」

と、田端祐子が微笑んだ。「もうパーティ終った？」

「そろそろです。今まで成田功さんが」

「まあ、みえたの？　もう少し早く来れば良かったわ」

「ご主人をお呼びしましょうか」

「いえ、いいの。待ってるわ」

二人はロビーへと並んで歩き出した。

「お出かけになって大丈夫なんですか？」

と、爽香は訊いた。

「ええ。もう落ちついてるから。却って、少し出歩いた方がいいの」

祐子が着ているのは、妊婦用のゆったりしたものだ。

祐子は今妊娠七か月。——一度流産しているので、今度はずいぶん用心していた。

しかし、安定期に入って、祐子は見違えるように明るくなった。——爽香の目にも、それはよく分る。

田端の妻、祐子は、かつて明男の恋人だった。ふしぎな縁で、今もこうして爽香とつながっている。

「——そこのソファにいるから」

「じゃ、ご主人にそうお伝えします」

爽香はパーティの会場へと戻った。

もう、大分帰った客も多く、そろそろお開きの時間だ。

田端を見付けて、祐子が来ていることを告げる。

「奥様、お元気そうで」

「うん。編物なんかしてるよ」

「お楽しみですね」

「君のところはどうなんだ?」

「うちですか?　でも、このプロジェクトがありますもの」

「それは別だろ。心配しなくてもいいよ。そのときはちゃんと考える」

「よろしく」

と、爽香は言って、「でも、成田大臣がよく来て下さいましたね」

「出席者に、このプロジェクトが間違いなく実現すると印象づけただろう。それが狙いだ」

「そろそろご挨拶を。——奥様をあまり待たせてはいけませんわ」

「そうするか」

田端は肯いて、秘書を手招きした。

爽香は会場の中を見回して、明男の姿を探していた……。


「すみません」

と、里美は言った。「明日、お休みさせていただきたいんですけど」

店長は露骨にいやな顔をした。

「突然言うなよ。もっと早く言ってくれなきゃ……」

「すみません」

里美がうつむくと、一緒に働いているおばさんが、

「里美ちゃん、明日はお母さんのお葬式なのよね。大変なんだから、分ってあげなさいよ！」

店長はやっと三十そこそこの男。年上のおばさんに言われると、

「ま、そういうことなら……」

と、口の中でブツブツ言っている。

「よろしくお願いします」

里美は店の奥へ入って、制服を脱いだ。

お弁当屋のバイトも大分慣れた。

しかし、二歳の弟、一郎と二人、これからどうやって暮していけばいいか、何の見通しもない。母の死を悲しんでいる余裕はなかったのである。

店の方で、

「荻原里美って子が?」

と、声がした。

急いで出てみると、

「あ、刑事さん」

「やあ。もう終り?」

と、河村が訊く。

「はい。今から一郎を迎えに保育園へ」

「そうか。送ろう」

「すみません」

里美は、「――お先に失礼します」

と、店の人たちへ声をかけた。

「遠いのかい？」

「保育園ですか？　いえ、歩いて十五分くらい……」

「車で送るよ。乗って」

「ありがとう」

河村は、助手席に里美を乗せると、車を出した。

「――あの店のバイトで、いくらになるんだい？」

「月に……四、五万かな」

「そうか」

「一郎もいるし、フルタイムで働かせてもらおうかと思ってます」

「学校は？」

「やめます。行ってられません」

河村はため息をついて、

「そうだな」

と言った。

「あ、そこを右へ」

車がカーブする。

車のライトが、道を渡っている男を照らし出した。

「あ！」

と、里美は思わず声を上げた。

「どうした？」

「今の人……。広山《ひろやま》さんだ」

「広山？」

「一郎のお父さんです」

河村は車を停めて、振り返った。

しかし、男の姿はもう夜の中へと消えてしまっていた……。

7　謎の男

「二歳か……」

と、河村は寝顔を見て呟いた。「二歳って、これくらいだったかな」

荻原里美は、やっと眠った弟にそっと軽いかけ布団をかけてやり、手ぶりで河村へ隣の茶の間へ行ってくれるように頼んだ。

河村は小さく肯くと、静かに立って、茶の間の座布団にあぐらをかいた。

「――すみません。今、お茶いれます」

と、里美が言った。

「いいんだよ。お茶くらいどこででも飲める。君は少し休め」

「私も飲みたいの」

と言って、里美は台所へ行った。「その代り、粉っぽいお茶ですよ」

「ありがとう。じゃ、いただこう」

里美は、ポットのお湯でお茶をいれ、河村と自分の湯呑み茶碗を持って来た。

「――河村さん、お子さんは？」

「上が九つ。下が五つだよ」

「男？　女？」

「上が女、下が男さ。君のとこと同じだ」

「でも、十四も離れてない」

と、里美は微笑んだ。

「ああ。過ぎてしまうとな……。二歳だったころって、まだ下の子なんか、つい三年前なのに、もう忘れちゃった？」

こんなに小さかったか、と思いつつ、同時に、もうこんなに「子供」らしいか、とも思う。まだ、やっと一か月の「あかね」と比べてしまうのである。

あかねも、見る見る大きくなり、やがて自分の立場を理解するようになるだろう。そのときは、俺のことを恨むようになるのだろうか。

「――河村さん」

里美は、いつの間にか、「刑事さん」でなく、名前を呼ぶようになっていた。

「何だい？」

「あの……何か私に用だったんですか？」

河村は少しの間、ポカンとしていたが、

「――そうだ！　わざわざ君の働いてる弁当屋まで、訪ねて行ったんだものな。すっかり忘れてるんだから！」

と、自分で苦笑いしている。

「私が一郎のことばっかり構《かま》ってたから」

「うん、眺めてる内に、すっかり忘れちまったよ。——いや、用事といっても、特別なことじゃない。お母さんの付合ってた相手のことだ」

「ああ……。でも、その人がお母さんを殺すでしょうか？」

「犯人だと言ってるわけじゃない。ただ、あの日、お母さんを最後に見たのが誰か、ってことだ」

「分ります」

「その男のことで、何か聞いてない？　どんな細かいことでもいい」

里美は、額《ひたい》にしわを寄せて考え込んでいたが、

「お母さん、色んなお客のことを話してくれたから、その内の誰が付合ってる相手だったのか、私、分りません」

「そうか」

「その内……思い出すことがあるかもしれないけど」

「いいとも。何も今、ここで思い出してくれとは言ってない。何かの拍子で、その男らしい話を思い出したら、連絡してくれ」

「はい」

河村はお茶を一気に飲んで、

「おいしいよ。ありがとう」

と言った。

河村は玄関で靴をはくと、

「明日のお葬式のこと、大丈夫かい?」

と訊いた。

「ご近所の人が……」

「そうか。僕も早く来るよ。葬儀社との話は大人がした方がいい」

「河村さんが? いいんですか」

里美の表情がホッと緩《ゆる》んだ。やはり、ずいぶん緊張しているのだろう。

「もちろん。——何かやってほしいことがあれば言ってくれ」

「はい」

河村は出ようとして、ふと振り返り、

「君、さっき一郎ちゃんの父親を見たと言ったね」

「広山さんですね」

「広山というのか。——どんな男だったか、分るかい?」

「どこかの社長さんで……。バーの人が知ってると思います」

「そうか。分った」

河村は、里美の方へ手を差し出した。里美はちょっと戸惑っていたが、河村の手をおずおずとつかんだ。

「――ありがとう」

と、河村が言う。

「お礼言うの、私の方なのに」

「いや、そうじゃないんだ。僕がお礼を言わなきゃならない。――その内、説明してあげる」

と、河村は微笑んで、「じゃ、今夜は早く寝るんだよ」

「はい」

気持のいい答えだ。

河村は、爽香に初めて会ったときのことを思い出していた。――爽香も、今の里美くらいの年齢だった……。

里美は、河村が帰って行くと、しばらく一人、ぼんやりと畳の上に寝転んで天井を見上げていた。

早くお風呂に入って――といっても、もう遅い。シャワーだけにしておかなくては。

こういう小さなアパートでは、夜遅くお風呂へ入るとき、かなり気をつかわなくてはならない。

明日、お葬式で着るのに、制服にアイロンもかけたい。しわくちゃの服で、母の葬式に出たくはなかった。

でも——明日、起きてからでもいい。

里美は、今のこの胸の熱さを、大事にしまっておきたかった。——そっと右手を目の前にかざす。

この手を、優しく握ってくれた。

河村の手の感触、暖かさ、柔らかさが忘れられない。

あんな人がお父さんなら……。お母さんたら、もうちっとま、し、な男を選んでよね！

里美は母に文句を言ってやりたかった。

電話が鳴り出し、里美は飛び起きた。

一郎が目を覚ましたら大変！

「——はい」

と、急いで出て、小声で言うと、

「あ……。俺だけど」

「信也《しんや》か。——びっくりした」

市原《いちはら》信也は、同じ高校に通っている同学年の男の子。中学から一緒で、この二年ほど個人的な付合いをしていた。

「何度もかけたんだぜ」

「うん、分ってる。色々大変でさ」

「先生から聞いたよ。TVのニュースでもやってたしな」

と、信也は言った。「犯人、捕まったのか？」

「まだ」

「ひどいよな。――ずっと学校、休むのか」

「明日、お葬式なの。遺骨にして、ともかくそれから考える」

「何か……俺でできること、ったって、知れてるけどな」

「ありがとう。今は気が張ってるから大丈夫」

「これから、どうする？」

「そうだね……。一人ならともかく、一郎がまだ二つだし」

「誰かいないのか？　親戚とか――」

「全然知らない。――ね、信也、話してて平気？」

「うん。今夜、親父とお袋、温泉に行ってるんだ」

「ならいいけど」

里美の母がバーのホステスをしているということで、信也の両親は息子と里美の付合いをいやがっている。里美からは電話できなかった。

「いつから学校に来る？」

と、信也が訊く。

「さあ……」

里美が口ごもると、

「来るだろ？　やめないよな」

里美は少し黙っていたが、

「――それも、明日がすんでから考えるよ」

と言った。「ありがとう、心配してくれて。もう寝ないと」

「ああ……。里美、負けるなよ」

他に何か言い方ないの？　――里美は微笑んで、

「うん」

と言った。「ありがとう。じゃ……」

電話を切る。

今、誰かに甘えてしまったら、そのまま崩れてしまって、立ち上れないような気がする。

しっかりしなきゃ。――一郎の面倒をちゃんとみて、育てる。

それが母の願いだったろう。

里美は、奥へ行って、一郎がぐっすり眠っていることを確かめた。

「安心してな」

と、里美はそっと一郎の頭に手を当てた。「これから、私がお母ちゃんだからね」

まるでそれが聞こえたかのように、一郎が大きく寝息をつく。――里美は笑ってしまった。


「――ただいま」

河村が玄関を入ると、はき古した男ものの靴が目に入った。

「あなた」

布子がすぐに出て来て、「野口さんが」

「そうか」

河村はちょっと居間を覗いて、「ちょっと待っててくれ」

と言った。

寝室で着替える。

――そろそろやって来るだろうと思っていた。

いや、野口が来るとは予想していなかった。大方、出勤したとき、上司に呼ばれるだろうと思っていたのである。

本来のデスクワークを勝手に休んで、荻原栄殺しの捜査をしているのだ。上司から見れば、放ってはおけないだろう。

居間へ入って行くと、布子がコーヒーをいれて野口に出していた。

「待たせたか。すまん」

「いいえ、連絡もしないで来たのはこっちですからね」

と、野口は言って、コーヒーを一口飲むと、「旨い。——奥さん、とても旨いです」

「恐れ入ります。——あなた、野口さん、二時間も待ってらっしゃるのよ。子供たちの相手をして下さって」

「楽しかったですよ」

と、野口はニヤリと笑って、「今日はどこを回ってたんです?」

「あの娘の所へ行った。明日が母親の葬式だ。布子、黒のスーツとネクタイ、出しといてくれないか」

「分ったわ」

「あの子も大変だ。十六なのに、二歳の弟と二人きりで残されて。学校をやめて働くと言ってた」

「まあ……」

「犯人を捕まえてやらなくちゃな」

と、河村は言って、「野口。俺に用ってのは、そのことだろ？」

「ええ」

「誰に言われて来た？」

「色々と。――いわば代表です」

「承《うけたまわ》ろう」

「あなた……。勝手に休むなんて、良くないわ」

「分ってる。しかし、許可が出るわけもないからさ。何か言われるまで、好きにやろうと思ってた」

野口が、口もとに笑みを浮かべて、

「それじゃ、言われたらやめる気だったんですか？」

「その気じゃなくても……。どこへ回されるか、それともクビになるか。――捜査をやっちゃいられなくなるだろ」

と、河村は肩をすくめる。

「それなら、僕も助かります」

「何と言おうかと頭が痛かったんだろ？」

「まあ、そうです」

河村は、自分のコーヒーを一口飲んで、

「空きっ腹にコーヒーはまずかったかな」

「ご飯、用意してあるわ。温めるわね」

「ああ、頼む」

布子が台所へ立って行く。

「――何と言われて来たんだ？　一応聞きたい」

「聞きたいですか」

「ああ。見当はつくがな」

「簡単です。身分は嘱託《しょくたく》。期間限定で捜査活動に加わることを認める」

――河村は、しばらく野口を見つめていたが、

「冗談だろう」

「ですから、河村さんが何もしないとおっしゃるなら、問題ないんです。今のまま、ということで――」

「待て。本当に捜査に加わっていいのか？」

「僕は上から言われた通りに伝えただけです。河村さんが――」

「やるとも！　身分なんかどうでもいい。アルバイトだって、パートだって構わん」

「刑事のパートですか」

と、野口が笑った。「いいですね。時給いくらかかな」

「野口！」

河村が突然、野口の手を固く握りしめると、涙をこぼした。「——ありがとう！」

「僕に言われても……。上に言って下さい。明日から以前の職場で。机は元のままです」

「分った。——分った」

布子がいつの間にか戻っていた。

「良かったわね。でも、張り切りすぎて、体をこわさないで」

「こんなに元気だったことはないぞ！　布子——」

「分ったけど、小さな声で。子供たちがびっくりして起きて来るわ」

布子は、夫のために野口が必死で上司を説得してくれたのだと察していた。

野口の方を見て、目が合うと、布子はかすかに肯いて見せ、感謝の思いを表わしたのだった……。

8 入金

朝の八時ごろには、里美は身仕度《みじたく》を整えていた。

同じアパートで、母が仲良くしていた奥さんが来て、色々教えてくれる。

九時前には河村が来てくれた。そしてすぐに葬儀社の人。

河村が相手をして、細々《こまごま》した手順を決めてくれたので、里美はむしろすることがなくて戸惑ったくらいだ。

目を覚ました一郎のオムツを替え、服を着せながら、

「河村さん、何かすることがあったら、言って下さいね」

と言った。

「君は何もしなくていいんだ。ただ座って、お母さんのことを思い出していれば。周りの人たちがちゃんとやってくれるよ」

「それでいいんですか」

「お葬式というのは、そういうものなんだ。まあ、考えておくことと言えば、最後の出棺のと

きにする挨拶の言葉くらいかな」

「はい。――でも、それが一番大変かもしれない」

と、里美はため息をついた。

電話が鳴った。里美が出る。

「――はい、そうです。――はい。――え？　いくらですか？」

里美の目が大きく見開かれる。「――分りました。――はい」

受話器を置くと、河村が心配そうに、

「どうしたんだい？」

と訊く。

「銀行から」

「銀行？」

「駅前のN銀行。うちの口座があるんです。でも、残金見たら、五十万円もなくて……」

「それがどうしたんだ？」

「今、うちの口座に振込みがあったって」

「誰から？」

「何とかいう会社の名前で……。聞いたことなかったです」

「いくら？」

「それが……五百万円だって」

里美は自分で言っておいて、「今の、夢じゃないですよね」

「五百万、ぴったり？　それはふしぎだね」

「誰だか分らない人からのお金なんて……。間違ったのかな。口座番号が似てて」

「振り込むときは、住所氏名も必要だろう。間違いじゃないよ」

「あ、そうか……。でも、何で五百万円も？」

河村は少し考えていたが、

「後で調べてみよう。――さ、今はそのことを忘れて」

と、立ち上り、「ちょっと表を見て来るよ。車が来るころだ」

と、出て行った。

「――サンタクロースのプレゼントかな」

と、里美は呟いた。「クリスマスにゃ早いよね……」

爽香は、業者を案内して、空室のドアを開けた。

「どうぞ。――スリッパ、その中に入ってますから」

「失礼します」

「ずっとタバコを喫《す》われていたので、天井にやにが……。匂いはしますね」

「ええ、タバコの匂いはなかなか消えません」

と、内装工事専門の業者はメモを取りながら、

「でも、よく片付いてますね」

「ええ、几帳面《きちようめん》な方でしたから」

——〈Ｐハウス〉でも、時折亡くなる人が出る。

病院で亡くなる人が多いが、中には自分の部屋で亡くなる人もいるわけだ。

この〈Ｐハウス〉は分譲マンションではないから、入居者が亡くなると、そこは空室になり、内装を一新して、新たな入居者を決める。

亡くなった人の子供などが継ぐことはできないのである。

何億円も払って入るのだが、それは亡くなるまでのこの部屋の「使用料」というわけで、そう考えれば高く感じられても仕方ないだろう。

「——キッチンはどうします？」

「ほとんど料理はなさらなかったので、きれいでしょ。手入れして磨けば充分だと思います」

「そうですね。入居される方が決ってから、必要なら流しの高さを調整します」

と、業者は言って、「——次の入居者はすぐ決りそうですか」

「たぶん」

と、爽香は肯いて、「入居待ちのお客様が二十人近くいらっしゃるので。早い順に見ていた

だいて、ここがお気に召さなければ、他が空くのを待っていただきます。そして順番に見ていただいて、気に入った方とお話しさせていただくんです」

「大したもんですねえ」

と、業者の男性は首を振って、「こんな高い所に……。いや、むろん、それだけのことはあると思いますが」

「そのつもりです」

「私なんか、宝くじに十回くらい当らないととても入れませんね」

と、業者が笑う。

「失礼します」

爽香の上着のポケットでケータイが鳴っていた。

廊下へ出て、

「——もしもし、お兄さん？」

「爽香。電話くれたか」

兄の杉原充夫《みつお》だ。

「うん。——ね、分ってると思うけど、今月でもう三か月、返してないよ」

爽香は少し小声になって、「——少しでもいいの。言ってるでしょ、いつも。気持の問題なんだから」

兄、充夫の借金を、〈G興産〉の社長田端から一千万円借りて、爽香が清算した。

田端への返済は、充夫から爽香を通して、毎月できるだけ、ということにしてあった。しかし、充夫は初めの何か月かこそ少しずつ入れて来たが、その後は催促してやっと、という状況だ。

「分ってるよ。その話で会社へかけて来ないでくれ」

と、充夫が文句を言った。

「じゃ、どうするの？　家へかければ則子《のりこ》さんがいるから話せないって言うし、会社へかけるなって言うし……。連絡してくれって言《こと》づけても、して来ないじゃないの」

「忙しいんだ。外回りがふえてさ」

「そんなこと言って……。どうするの？」

「後でまたかけるよ、な？」

充夫は愛想良く、「どうせお前が返してくれてるんだろ」

「お兄さん……。うちだって楽じゃないわ。あくまでお兄さんの所が苦しいときだけ、立て替えるってことだったでしょ。こんなに度々なんて……」

「悪いとは思ってるよ。あ、会議だから、それじゃ――」

「お兄さん」

と、爽香は遮《さえぎ》って、「一つ教えて」

「何だ？」

「畑山《はたやま》ゆき子さんとは切れてるのね？」

充夫と関係があったＯＬである。

充夫の妻、則子にばれて大騒ぎになり、畑山ゆき子は会社をやめた。そして充夫とも別れた、ということなのだが……。

「決ってるじゃないか」

と、充夫は少し苛立《いらだ》った口調で、「じゃ、切るぜ。その内入れるよ」

そう言って切ってしまう。

爽香は、やれやれと息をついた。

充夫には返す気がない。——爽香が田端と親しいから、催促されることもないと分っているのだ。

妻の則子も、一千万円のことは承知しているのだろう。——初めの内こそ、

「則子さんに話すわよ」

と言ってやると、あわててお金を入れて来た充夫だが、今では、

「言いたきゃ言えよ。ないものは返せないんだ」

と開き直る。

しかし、このままズルズルと田端の好意に甘えるわけにはいかない……。

業者の男性がドアを開けて顔を覗かせた。

「あ、ごめんなさい！」

「いえ、一通りは見ましたので」

「よろしく。見積りを」

「ええ、数日以内に出します」

「じゃ、それから正式な依頼をします」

業者が帰って行くと、爽香は空室に鍵をかけ、一階へ戻った。

ロビーへ、栗崎英子が入って来たところである。

「――あら、今日は」

「今日はお早いですね」

「明日からロケなの。温泉でね」

「わあ、羨《うらや》ましい」

「一緒に行く？」

「ご一緒できたらいいんですけど。――仕事がありまして」

英子は、

「ちょっと」

「――杉原さん」

と、爽香を手招きしてロビーの奥のソファへ行くと、「——あのね、喜美原《きみはら》さんがいよいよいけないらしいの」

「そうですか。あんなに元気そうにしてらしたのに……」

「私、三日ほど留守にするけど、もしその間に万一のことがあったら、マネージャーへ電話して」

「かしこまりました」

——バリトン歌手、喜美原治《おさむ》はガンで長くないと言われていたのだが、伴奏ピアニストだった片桐輝代《かたぎりてるよ》と正式に結婚、女の子が産れた。

一時は、病気のことなど忘れたようにリサイタルを開き、CDを出したりしていたのだが、一か月ほど前に倒れて入院していた。

「何とか持ち直して下さるといいですね」

「ええ。でもね、子供の顔が見られただけでも幸せだって喜んでたわよ。——輝代さんがよく看病してるわ」

「私もお見舞に寄ってみます。すっかりごぶさたしてますし」

「そうしてあげて。まだ意識はあるらしいから」

と、英子は肯いた。「さあ、出かける仕度をしなくちゃ」

「山の中ですか？　暖くしてらして下さいね」

爽香はそう言って微笑んだ。

「――爽香さん、お電話」

受付の子が呼ぶ。「田端社長から」

「はあい。――じゃ、失礼します」

爽香は立ち上って、急いでロビーを駆けて行こうとしたが――ふっとめまいがして、よろけた。

「どうしたの?」

英子が腰を浮かす。

「――大丈夫です。すみません」

爽香はちょっと頭を振ると、受付へと一歩ずつ踏みしめるようにして歩いて行った。

9 同僚

「本日は、お忙しい中、大勢の方においでいただいて、本当にありがとうございました」

とりあえず、出だしはスムーズで、里美は少し落ちつくことができた。

少し風はあったが、日が射して来て暖い。

母、荻原栄の告別式には、本当に思いがけないほどの人数が訪れてくれた。

「母は——とても優しい、人のいい母でした。私もめったに叱られることもなくて、そうすると却って悪いことができなくなるんです」

と、里美は言った。「その内に、私の方が心配するようになって……。こんなにお人好しで、大丈夫なのかしら、って。結構私の方から、母へガミガミ文句を言ったりしました。でも、母はいつも笑って、取り合ってくれませんでした……。その母がこんなことに——」

胸が詰った。里美は深呼吸して、

「どうして——お母さんがこんな目に遭わなきゃならないのか。とっても、悔しいです。弟の一郎が大きくなるのを、見たかっただろうと思います」

——出棺を待つ人の間から、すすり泣く声がした。

里美は、涙が頰を伝うのを感じたが、キュッと唇をかみしめてこらえた。そして、何とか言葉を続けた。

「私は——お母さんに代って、一郎を育てます。そして、一郎にいつもお母さんのことを話してあげます。お母さんがどんなにいい人だったか。どんなに優しくて、すてきな人だったか。——一郎にくり返し、くり返し、話してあげます。こんなに……大勢の方が見送って下さって……」

もう言葉が続かない。こみ上げてくる涙を抑え切れなかった。

里美は、何とか、

「ありがとうございました……」

とだけ、震える声で言って頭を下げた。

「では、出棺でございます」

葬儀社の人間が、てきぱきと動いて、片付けて行く。

火葬場が同じ場所にあるので、何人かは残ってくれた。

「——大丈夫かい？」

と、河村は里美に声をかけた。

「ごめんなさい」

里美はハンカチで涙を拭いて、「泣かないつもりだったのに……」

「いいんだよ、泣くときは泣いて」

河村は里美の肩を軽く叩いた。「僕は、この客の中の何人かに話を聞いてみる。ちゃんと終りまでいるからね」

「すみません」

そこへ、

「河村さん」

と、声をかけて来たのは――。

「やあ。来てくれたのか」

「うまく仕事が抜けられたんで」

と、爽香は言った。

「里美君。――この人は、僕や家内《かない》と長い付合いをしてる杉原爽香君だ」

と、河村が紹介する。

「今日は」

爽香は、里美に小さく会釈して、「ご焼香《しょうこう》には間に合わなかったけど、あなたの挨拶は聞いたわ。とても良かったわよ」

と言った。

「ありがとうございます」

と、里美は言って、「あ、一郎が——」

一郎が泣き出すのが聞こえて、

「すみません、ちょっと失礼します！」

と、駆け出して行く。

河村は、ちょっと首を振って、

「あの年齢で母親代りだ。大変だよ」

「ええ……」

爽香は肯いて、「今——十六？」

「うん。高校一年だ」

「夜学にでも通えればいいけど」

「無理言って悪いね。あの子には、まだ何も話してない。だめならそう言ってくれ」

河村は、里美がフルタイムで働ける仕事がないかと爽香に相談したのである。

「約束はできないけど、何とかならないか、やってみるわ」

と、爽香は言った。「でも——河村さん」

「うん？」

「とっても元気そうよ。何かあったの？」

「そう見えるかい？」

河村は少し照れたように、「許可がおりたんだ、捜査に加わる。現場に戻れた」

「良かったわ。でも、また体をこわさないでね」

実は爽香は、既に布子からの電話で知っていたのだった。

でも、あえて河村の口から言わせた。そうすることで、河村に自信を取り戻させたかった。

これが、河村と布子の間の溝を埋めるきっかけになってくれますように。――爽香は祈っていた。

十五歳のときから、ずっと互いの生き方を見て来た河村たちと爽香たち。

まさか、河村が――。

あの小学校の教師だった早川志乃と河村との関係を知って、爽香は胸を痛めていた。河村にとって、「現場」から外されたショックは大きかったのだ。

ちょうど時を同じくして、布子は二人の子供と学校の業務で手一杯。河村が自分らしさを取り戻す場として、早川志乃の所へ走ったのは、分らないでもない。

しかし――布子の不安が当っているとしたら。早川志乃と河村の間に子供が産れていたとしたら……。

ことは、簡単ではない。早川志乃も容易に身を引かないだろうし、布子も河村を許せないかもしれない。

だが、誰にとっても悲しい出来事である。

河村が現場に戻ることで、事態が変るとしたら、それは早川志乃にとっては残酷なことだ。河村は単に慰めとしてだけ、彼女を求めていたことになる。

「――爽香さん、お願い」

布子から、そう頼まれていた。「あの女に子供が産れたのかどうか、確かめて」

でも、今ここで河村に訊くわけにはいかなかった……。

「ちょっと、あの子と一緒にいてやってくれるかい？」

河村はそう言うと、返事も待たずに、焼香に訪れた客の方へと行ってしまった。

あれが河村さんらしさだ。――爽香は思った。

「――ご案内申し上げます」

葬儀社の人が立っていた。

火葬場の方へ、みんなを案内するのだ。

里美は、一郎のオムツを替えてやって、抱っこしたところだった。一郎も機嫌が直ってニコニコしている。

爽香は里美の近くへ行って、

「抱いててあげましょうか？」

と言った。

「あ……。いえ、大丈夫です」

里美の顔が固くこわばっている。

母の死とは全く別の試練――母の肉体がこの世から消える瞬間なのである。

「いつでも言って」

「ありがとう……」

里美は弟を抱いて、静かに待合室を出て行った……。


「私? ――そうね。まあ、お店の中じゃ親しい方だったかな」

殺された荻原栄の同僚だった女は、黒いスーツが合っていなかった。借りものなのだろう。

「荻原さんのお客については?」

と、河村は訊いた。

「そうねえ、店の中じゃ、お互い、自分の客は他の子に寄らせないから。よく分らないのよ」

今井伸代《いまいのぶよ》というそのホステスはそう言って、

「栄さんは、特に一番年上でさ。お客も、栄さんと個人的に仲がいいって感じだったからね」

「特に親しかった客とかは?」

「うーん……。よく分んないわ。何人か、常連さんはいたけど。名刺をもらってると思うから、それはお店のママが知ってる」

「そうか。今日は来てないね」

「お葬式とかって、嫌いな人なの。お香典《こうでん》は私が預かって来た」

と、今井伸代は言った。

「――広山って男、知ってる？」

「ああ、一郎ちゃんのお父さんでしょ」

「店の客だったんだろ？」

「そうよ。広山さんの方から栄さんに惚れて通ってね。栄さんも人が良くって……。本当に、あの里美ちゃんが言った通りよ。人が良過ぎて、貧乏くじ引くのね」

「広山って男は、最近来てた？」

「いいえ。一郎ちゃんができて間もなく、夜逃げ同然に消えたわ」

「その後、姿を見たことは？」

「ないわね。この近くにいると、うまくないいんじゃないの？」

「それが、戻ってるらしいんだよ」

「本当？」

今井伸代は目を丸くして、「じゃ、広山さんが殺したってこと？」

「理由がないだろう」

「それもそうね。——じゃ、今日来てたのかしら？」

「いや、焼香してれば、里美君にも分ったはずだ」

「そうか。でも、広山さんが戻って来てるってことはママも知らないと思うわよ」

「店の仲間に訊いてみてくれないか。僕が店に行って訊いてもいいが」

「何か耳にしたら、連絡するわ」

「うん、頼む」

——河村は、火葬場へ向う里美たちの方へと戻って加わった。

今井伸代は、無意識にバッグからタバコを取り出し、ライターで火をつけようとして、急にこれから栄が火葬になるのだと思い付いた。

何となく気が重くなって、ライターをしまい、タバコはそのまま捨ててしまった。

ここまでお付合いすればいいわね。

——お骨になるところまで見ていたくない。

斎場を出て、伸代は少し足どりを緩めた。——つい、早く離れたくて急ぎ足になっていたのだ。

店のママと同様、伸代も実はお葬式というものが好きでない。できたら今日も遠慮したかったのだが、何も言わない内に、ママの方から、

「あなた、代りに行ってよね」

と言われてしまって、否も応もなかったのである。

それに——あの何とかいう刑事にはああ言ったが、仲代は荻原栄のことがあまり好きではなかった。

少し年齢が行っていた分、若いホステスたちには「口やかましい先輩」だったのである。

といって、もちろん、殺されて良かったと思っているわけではない。ああいう人も必要だったのだと、いなくなってみればよく分る。

しかし……。

「あ、『先生』がいたわね」

と、仲代は呟いた。

栄の所へ通っていた客の中では、一風変っていた。名前も知らない。栄も知らないと言っていた。

お店に来ると「現金払い」。連絡先も何も教えようとしなかった。

そういえば、あの「先生」って……。

「——仲代！」

どこかで呼ぶ声がした。

私？——仲代は足を止めた。

「仲代！　ここだ」

声のした方を振り向くと、少し離れた電柱のかげから顔を出して手招きしている男。

「——誰？」

こわごわ近寄ってみる。

「俺だ」

サングラスをかけた男が姿を見せる。着古したツイードの上着。しわくちゃのズボン。

「誰よ？」

と、伸代が言うと、

「俺だよ」

と、サングラスを外して——。

それでも、伸代には分らなかった。

「おい……。そんなに変ったかい、俺の様子？」

男が苦笑した。

「あ！　——広山さん！」

と、思わず大きな声で言って、それからハッとして斎場の方へ目をやる。

「知ってるよ。栄の奴だろ」

「それより、刑事さんが……」

「刑事？」

「あなたのことを訊いてたわ。戻って来てるって知ってて」

「何だって？」

広山は眉を寄せて、「どうして刑事が……。ま、いいや。なあ、仲代、ちょっと話したいんだ。付合ってくれないか」

と言った。

「でも――お店に行かないと」

「まだ早いじゃないか。大丈夫だろ？」

仲代は少し迷ったが、

「――いいわ」

と肯いた。「でも、あなた、栄さんを殺したりしてないわよね」

「冗談じゃない。唯一、俺のことを心配しててくれたのが栄だ。どうしてその栄を俺が殺すんだ？」

「そうね。――じゃ、ともかくどこかへ行きましょ。ここらにいたら目に付くわ」

通りかかったタクシーを捕まえて、仲代と広山は乗った。

「――仲代、すまないが」

と、広山が言った。「タクシー代が……」

「いいの。気にしないで。私が払うわよ」

「すまん」

ホッとした様子で、広山は座席に楽に座った……。

10　誘われて

「色々ありがとうございました」

里美は、何度そうやって頭を下げただろう。

もちろん、近所の奥さんや、里美の学校の父母会で知り合いだった人など、色んな人たちが手伝ってくれた。

でも、結局、最後まで一緒について来てくれたのは、河村刑事と、杉原爽香の二人。

「——寝かしとく？」

と、爽香が抱っこした一郎の寝顔を覗き込んで、「こんなによく寝てるんだものね。起しちゃ可哀そう」

「じゃ、こっちへ」

里美は、小さな布団を敷いて、そこに一郎を寝かせてもらった。

「服はこのままで？」

「ええ。どうせ洗わなくちゃいけないから。目が覚めたら、脱がせます」

里美は、畳にきちんと座ると、爽香たちの方へ、「――色々ありがとうございました」

と、頭を下げた。

「大変だと思うけど、あんまり気負わないでね」

と、爽香は言った。「使命感だけじゃ、人間、疲れちゃう。一郎ちゃんとの暮しを楽しむようにしないと」

「はい。大丈夫です。私、母に似て楽天家なんで」

里美は微笑んだ。

――辛くないわけはない。爽香にもよく分っていた。

母を失い、今、その母は小さな白木の箱の中、小さな壺の中に納まっている。

「お墓は当分建てられないし……。しばらくここに置いておきます」

と、里美は母の笑顔の写真の方へ目をやった。

「私も、できるだけ手を尽くしてみるわ」

と、爽香が言った。

河村が、里美の勤め先を見付けてやってくれと爽香に頼んでいた。――爽香も、この子の力になりたいと願っていた。

それは爽香が、この子にどことなく自分と似たものを感じていたからだ。

もし、自分がこの子の年齢で同じ境遇に置かれたら、きっと同じようにしていただろう……。

「——でも、河村さん」

と、里美が言った。「あのお金、どうしたらいいでしょう」

「お金って？」

爽香は、河村の話を聞いて、「——五百万円？」

と、目を丸くした。

「いわくありげだろ？」

「私、そんな誰のものか分らないお金、使いたくありません」

と、里美は言った。「でも、同じ口座に入ってると、何だか、つい使ってしまいそうな気がして怖い」

「もし、誰かがあなたたちを援助したいと思ってるのなら……。でも、手紙一つないわけでしょ」

「僕が、その金を振り込んで来た相手のことを調べてみるよ。少なくとも、それまでは手を付けない方がいいかもしれないね」

「お願いします」

と、里美が頭を下げて、「——そのお金があれば、学校もやめなくていい、とか、ついそんなこと考えちゃうんです。だめですね」

「何言ってるの」

と、爽香が微笑んで、「私なんか、『五百万あったら、洋服買って、靴買って、車も買って、おつりが来るわ』なんて考えてたわ。自分の口座じゃないのにね」

三人は笑った。

むろん、一郎が目を覚まさないよう、小さな声で笑ったのである。

――そのアパートを出て、午後の日射しの中、爽香は河村と歩きながら、

「河村さん」

「うん？」

「――どう思う？　五百万円のおくり主」

「間違いってことはまずない」

「里美ちゃんたちの暮しを心配して、でしょうね。そして、こんなことになった責任を感じている人間からかも……」

河村は爽香を見て、

「つまり――犯人からってこと？」

「可能性あると思うんです。犯人に経済的な余裕があれば……」

「うん」

河村は肯いて、「当ってみよう。そこから犯人が分るかもしれないんだからな」

河村は張り切っている。

爽香も、こんなとき河村に早川志乃との関係を問いただしたくなかった。

また次の機会だ。——爽香はそう心に決めた。


「——もうお店に行かないと」

今井伸代はそう言って、ベッドの中で伸びをした。

「すまんな」

と、広山が枕に半ば顔を埋めて、「ホテル代までもたせて……」

「自分から誘ったんですもの」

と、伸代は言った。「でも、栄さんに悪かったわね」

「ああ……。あれの葬式の帰りにな」

広山は暗い天井を見上げていた。

「そんな風に考えるのはやめましょうよ」

と、伸代は言った。「あなたは永く女にごぶさた。私は男にごぶさた。——どっちも、いやされたってことよ」

「都合のいい言葉だな」

と、広山は笑った。

伸代は先にベッドを出ると、バスルームで軽くシャワーを浴び、バスローブをはおって出て来た。

「なあ。その刑事に、俺のことを黙っててくれよな」

「それは、あんたがこれからも付合ってくれるかどうかにかかってるわね」

仲代はいたずらっぽく言って、まだベッドに潜り込んでいる広山の鼻先に唇をつけた。

「――心配しないで。しゃべりゃしないわ」

「助かるよ」

「ねえ、どこへ泊るの？」

「友だちの所を転々としているんだ。――でも、正直、友人の家も楽じゃないからね」

「今夜はここへお泊りなさいよ。私、出るときに一泊分の追加、払っとくから」

「ありがとう」

広山は仲代の手を握って、「――仲代」

「なあに？」

「あいつは――相手を甘く見てたんだ」

「何のこと？」

「栄さ。当人は気軽に、『口止め料』をもらって、うまくすれば娘が夜、バイトなんかしなくてすむようにできないかと……」

仲代はベッドに腰をおろした。

「それって、栄さんがゆすりをやってたってこと?」

「まあ……結果的にはね」

「──驚いた」

「そうだろ?」

「じゃ、あなたも知ってたの?」

「俺は聞いただけさ。──つい、一週間くらい前、久しぶりにあの店を出て来た栄を待ってて、声をかけた」

「それじゃ、栄さんとも寝たのね」

「ああ。しかし──こっちは何せろくなもんも食ってない。ただ、並んで寝てただけだ」

「怪しいもんね」

と、仲代は笑った。

「どう思う?」

「何を?」

「栄は無用心だった。だが、慎重にやれば……」

「──待ってよ」

仲代はあわてて立ち上った。「私、殺されるのはごめんよ!」

「分ってる。俺だってそうだ」

広山は真顔だった。「しかし、何千万にもなるものを、このまま放っておくんじゃ惜しい」

仲代の目つきは、「何千万」というひと言でガラリと変った。

「そんなに凄い相手なの？」

「そのはずだ」

「はず、って……」

「俺も相手を知らない」

と、広山は言った。

「そんな……。じゃあ、どうして——」

「待て」

と、広山は遮って、「この先の話は、聞いたら手を引くわけにいかない。どうだ？　一緒にやるか」

——仲代は、しばらく黙っていた。

迷いは、短かった。

「やるわ」

と、仲代は言った。

「——じゃ、今日はこれで」

と、布子は言った。

「起立」

クラス委員の子が声をかける。

ガタガタと椅子が音をたて、生徒たちが一斉に立ち上る。

「礼」

黙礼。——布子も軽く一礼して、息をつく。

今日の授業はこれで最後だ。

ノートを閉じた布子は、最前列の子が教壇へ上って来て、黒板の字をきれいに消しているのを見て、びっくりした。

「——ありがとう」

と、声をかけると、

「いいえ。先生の授業、凄く分りやすいです！」

と、明るい言葉が返って来る。

布子はつい、笑顔を浮かべていた。

——廊下へ出れば、いずこも同じ、帰路につく少女たちの、弾むようなおしゃべりと笑い声。

布子は、生徒たちから、

「先生、さよなら！」

と、声をかけられる度、

「さようなら」

と答えて、職員室へとゆっくり戻って行った。

幸せだった。胸が熱くなる。

私は教師だったんだわ……。

改めて、布子は思った。そして、教壇に立てなかった日々の辛さを、思い出していた……。

——私立校には私立校の面倒くささはあるのだが、今の布子は臨時の立場なので、却って楽だった。

「お先に失礼します」

と、他の先生たちへ声をかけ、職員室を出る。

「教える」ということに関しては自信がある。他の先生たちも、敬意を持って接してくれている気がした。

校舎を出ると、夕景のグラウンドを、運動部の女の子たちが何人か走っている。

学校へ戻って来たのだ。——布子は、その喜びをかみしめた。

正門を出て、少し歩いて行くと、停っていた車から野口刑事が現われた。

「——野口さん」

「お帰りですね。送らせて下さい」

「サボってるわけじゃありません。今日はちゃんと帰ると言って来ました」

河村のために力を尽くしてくれたことは分っていた。

「でも……」

布子は、車の助手席に座った。

「どこまで？」

と、布子が訊く。

「どこへでも」

野口はエンジンをかけて、「軽く食事するくらい、いいでしょ？」

布子も、拒まなかった。

車はUターンして、暗くなり始めた町を走り抜けて行った……。

11 新しい暮し

「どう思う？」

と、田端将夫が訊く。

「ええと……」

爽香は、会議室のテーブル一杯に広げられた、巨大な設計図の周りをクルクル回りながら、

「――玄関からエレベーターへは、できるだけ曲り角の少ない方が。車椅子が角でかち合ったとき、一方が退がらなきゃいけないくらいの幅しかないと、面倒です。廊下の幅は、経済的な面からいって、これ以上広げられないでしょうから、ここを真直ぐにできませんか」

「そこはパイプスペースの関係で、廊下を直進させられないんだ」

「そうですか。じゃ仕方ないですね。――それとも、廊下のこっち側をのばしてつなぎますか。それなら、この曲り角でぶつかる機会も少ないでしょう」

「ああ、それはいいかもしれない」

と、将夫は肯いた。「メモしとけよ」

将夫の秘書が、爽香の発言をせっせとメモしている。

「それと、リネン類の置場ですけど、この設計だと、物置《ものおき》的な発想で、隅の方になっています。でも、実際はかなり頻繁に出入りするんです。ことに今回は入居される方の数が多いですから。むしろリネン室は、真中にあってもいいくらいです」

「なるほど」

「すみません。人のことだと思って、勝手なことを……」

爽香もさすがに少し遠慮している。

「いや、何でも言ってもらわないと。そのために君を呼んでるんだから」

——爽香は、〈G興産〉の本社の会議室に来ている。田端から、

「本棟のプランが上って来た。見てくれ」

と言われてやって来た。

「後は……。図面だけじゃよく分りませんね。天井の高さの感じとか、日の入り具合とか……」

「CGで、建物の中を自由に歩けるソフトを作ろうかと話してるんだ。説得力があるだろう?」

「でも、お金が……。私が心配することじゃありませんけど」

「もちろん、そうむやみに金はかけないよ。しかし、ちゃんとしたものを作っておけば、後で

入居者を募集するときに使える」

「やるからには、中途半端なものにしない方がいいですね」

「君もぜひ製作スタッフに加わってくれ」

「え……。でも――」

爽香はため息をついた。「分りました」

全体が大きなプロジェクトだ。その中で、爽香は〈Pハウス〉で「実地の経験をつんでいる」唯一人のスタッフなのだ。

当然、プロジェクトの中の各部門で、爽香の意見が求められる。――今はまだそれほどでもないが、具体的に計画が現実化される段階では、〈Pハウス〉との兼任など不可能になるだろう。

「――ご苦労さん。ひと息入れてくれ」

と、田端は言った。「おい、コーヒーをここへ」

「あ、私、すぐ〈Pハウス〉へ戻らないと。やりかけの仕事を残して来ていますので」

と、爽香は言ったが、田端は構わず秘書に、

「いいから持って来てくれ」

と命じた。「――乗った地下鉄が事故で三十分停ってた。そういうこともあるだろ？」

「はい……」

「忙しく駆け回ってると、却って能率は悪いものだ。時々の息抜きは大切だよ」

「はい」

相手が社長では仕方ないが、「息抜き」もできないで働いている人がいくらもいる。いや、「仕事があるだけまし」と言う人もあるだろう。

コーヒーが来て、一緒に飲みながら、

「――一つ、お願いが」

と、爽香は思い出して、荻原里美のことを田端に話した。

「ああ、その事件なら知ってる」

と、田端は肯いて、「確か犯人はまだ捕まってないよな」

「はい、残念ながら」

「それにしても、十六で、二歳の弟と二人暮し？　それは大変だな」

「でも、当人は他人に頼らずに、殺された母親に代って弟をちゃんと育てたいと思ってるんです」

「なるほど。――しかし、中卒の子を採用するというのは、難しいな」

「今もお弁当屋さんで働いています。何か、細かい仕事をやらせたりできないでしょうか。ともかく、正式に採用されれば、当人の気持もずいぶん違うと思うのですが」

「――分った」

田端は微笑んで、「考えておこう。少し待ってくれ」

「無理を言ってすみません」

と、爽香は頭を下げた。

人一人、雇うというのは、大きな責任を負うことなのだ。爽香にも、そのことはよく分っていた。

もっとも、経営者によっては、当然自分が取るべき責任を部下に押し付けて平気な者もいる。いや、むしろこの不況下、たいていの経営者は自分の保身に必死である。

「――安心してコーヒーを飲んで行けよ」

と、田端が言ったところへ、秘書の若い女性が会議室へ何やらあわてて入って来た。

「社長、あの――成田様がおみえです」

「成田？」

「大臣です」

この方がインパクトは大きかった。

田端はびっくりして、

「すぐ社長室へ。――君も来い」

爽香はご遠慮したかったが、そう言われると逃げ出すわけにいかない。

「でも、何のご用でしょうね」

と、爽香は廊下を急ぎながら言った。

「さあ、見当もつかないな」

大臣などというものは、一日中、秘書の立てた予定に従って動いているもので、招《よ》ばれてもいない所へやって来ることなど、まず考えられない。

「やあ」

社長室で、成田はのんびりと寛《くつろ》いでいる様子だった。

「先生、わざわざお越しいただいて――」

「突然押しかけてすまん」

「とんでもない。しかし、またどうして……」

「なあに、くたびれたんで、一休みさ」

と、成田は伸びをした。「やあ、杉原君だったね」

「先日はありがとうございました」

と、爽香は頭を下げた。

「ご苦労様」

と、成田は微笑んだ。「田端君は君をよほど手もとに置いておきたいらしい」

「いえ、偶然です! たまたまなんです、今日は」

成田に向って、そんなことを強調しても仕方ない。

成田は愉《たの》しそうに笑って、

「コーヒーでも出してくれないか」

と注文した。

もちろん、田端は急いで秘書へ言いつけた。

「――思いがけず、十五分ほど暇ができてね」

と、成田が言った。「気が付くと、車がこのビルの真ん前にいた。それで喫茶店代りに――。すまないな、忙しいのに」

爽香はつい笑ってしまった。

「他に、ストレスの解消はなさらないんですか?」

「うーん……。料亭だの、高級会員制クラブだの、なんて所は、慣れていないと却って疲れるばかりだしね」

学者らしい言い方だ、と爽香は思った。

田端が、早速《さっそく》今爽香と見ていた、基本プランの話を始めたが、爽香は、

「先生は将来、そういうところへ入ろうと思われますか」

と、質問した。

せっかく息抜きに来ているのに、具体的なビジネスの話をするのは良くない、と思ったのである。

「——そうだね」

成田は、出されたコーヒーをゆっくりと飲んで、「旨いね。君はいつもこんなコーヒーを会社で飲んでるのか？　羨しい」

「秘書に、コーヒーにうるさいのがいるんです」

「それはいい秘書だ。働かせるばかりが秘書の役目じゃない。休養させ、疲れを取るのも大切な仕事だ。僕の秘書、知ってるだろ？　真面目過ぎて、固苦しくてね。下の車へ置いて来た」

と、成田は言った。「——僕には、権力志向などない。むしろ、早いところ研究生活に戻りたい」

「ですが、日本は先生を必要としています」

田端の言い方に、成田は苦笑して、

「そんなこと、あるもんか。政治家はみんなそう思ってるだろうがね。——国が必要としてるのは、政治家でも役人でもない。元気な国民さ。それを間違えてる奴が多い。俺のおかげで、みんなが暮してられる、なんてね。そいつがいなくなっても、誰も困りゃしないんだ。政治家が長生きなのは、その誤解のせいかもしれない」

「ぜひ、先生はそんな誤解をなさいませんように」

と、爽香は言った。

「全くね。——周囲は『先生』『先生』と持ち上げてくれるが、一旦泥にまみれたら、今度は誰も救っちゃくれない。それくらいの分別は持ち合せているつもりだよ」

成田は深々と息をついて、「ああ、こうやって、次の予定のことなんか考えずに、ボーッとしていたい……」

と言った。


「——C区域での聞き込みからは、収穫はありませんでした」

若い刑事がごく普通の口調でそう言って着席するのを、河村は苦々しい思いで眺めていた。

以前はあんな風ではなかった。

捜査にプラスになる手掛り、情報を何一つ得られなかったことを、「申し訳ない」と恥じ入り、「悔しい」と思う。——それが刑事というものだった。

しかし、今は違う。

「たまたま運が悪くて」

「ツイてなかっただけ」

「何かあれば、待っていても言いに来てくれる」

それが若い奴らの本音なのだ。

河村は苛立っていた。——自分が出くわした事件だけに、なおさらである。

捜査会議は、あまり実りのないまま、もう一時間も続いていた。

「——結局、動機から追ってくしかないな」

と、一人がため息と共に言った。

「男ですかね」

「どうかな。——娘がいたね。そっちの方は?」

「どういう意味だ?」

と、河村が訊く。

「母と娘。仲が悪いと、殺しにだって——」

「馬鹿言え。百パーセントあり得ない」

河村は腹を立てる気にもなれなかった。

「分りませんよ。もう十六でしょ。今の十六なんて——」

河村は席を立った。

聞いていると、正面切ってケンカになりそうだ。

みんな疲れて苛々している。河村もその気持は分っていた。

しかし、冗談にも、あの里美のことを、「母親を殺したのかも」などと口にしたくなかった。

廊下で、自動販売機のコーヒーを紙コップで飲んでいると、ポケットのケータイがブーンと震えた。

「——はい」

「あなた。今、何してるの？」

早川志乃だった。

「今、会議中なんだ。すまん」

「少しは抜けられないの？」

「分ってくれ。殺人事件だ。初めの内に頑張らないと、解決できない。落ちついたら行くから」

「そんなことばっかり言って。——あかねの顔が見たくないの？」

「見たいさ、もちろん。だけど……」

「事件の方が大事なのね」

河村はため息をついた。

「頼むよ。どっちが大事なんてものじゃない。僕は刑事なんだ。分るだろ？」

「分ってるわよ。でも、毎日警察へ泊ってるわけじゃないんでしょ」

「それはそうだけど」

「家には帰って寝るんでしょ。それならうちにだって、来られないことないじゃないの」

「志乃……」

「いいわ。——分ったわよ。邪魔してごめんなさい」

最後は涙声になって、志乃は電話を切ってしまった。

河村は紙コップのコーヒーを飲み干した。ぬるくなるとまずい。

——布子は、河村の仕事のことをよく分っている。結婚したころから、河村が事件で何日も帰らないことがあっても、文句など言ったことはなかった。

もちろん、早川志乃に同じことを求めても無理なのだと分っている。

早川志乃は、「愛人」という不安定な立場だ。そして、小さな子もいる。

河村が離れていくことが何より怖いのだ。

その気持は分る。しかし、今の河村にとっては、せっかく復帰した現場である。

犯人を自分の手で捕まえること。——今はそれがすべてだった。

何もかも片付いたら……。

そうだ。事件が解決したら、他のこともすべて上手く行く。

河村にはそう思えたのである。

「——河村さん」

と、野口が呼んだ。「戻って下さい」

「分った」

空の紙コップをクズ入れに投げ込むと、河村は会議室の中へと戻って行った。

12 空巣《あきす》

里美は、大分古くて、店の名前も消えかかった喫茶店を、やっと捜し当てた。

「いらっしゃいませ」

と、ウエイトレスが面倒くさそうに、「お一人ですか？」

「いえ、あの――」

と、里美が口ごもって店の中を見回すと、奥のテーブルの女性が手を振っている。

「――里美ちゃんね」

「はい。今井さん……ですか」

「今井伸代。よろしく」

「あ、お母さんのお葬式で……」

「そう。よく憶えててくれたわね」

と、今井伸代は微笑んで、「何を飲む？」

「あの……。じゃ、ココア」

「ココア一つ！——この間は大変だったわね。あなた、そんなに若いのに、しっかりしてるって感心してたのよ」

「どうも」

と、里美は言った。「あの、ご用って……」

「あなたのお母さんとはね、同じお店でずっと一緒だったの。とても仲良くしてたのよ」

「そうですか」

「何か私のこと、聞いてない？」

「いえ。お母さん、帰ってから、あんまり仕事の話はしなかったんです」

「そう。お母さん、いい人だったわね。私もずいぶん助けてもらったものよ」

——里美は、まくし立てるような今井伸代の話し方を聞いて、本能的に、

「この人、あんまり信用できない」

と思った。

母、栄と本当に仲が良かったのかどうか。

里美が、自分のことを知らないと聞いて、急におしゃべりになった。安心したからではないだろうか。

「小さい弟さんを抱えて大変ねえ」

と、伸代は言った。

「あの……ご用って何でしょうか。弟をアパートの方に預かっていただいてるんで」

「ごめんなさい！　あのね、実は、あなたのお母さんにね、私ちょっと頼まれちゃって」

「お母さんが……何を頼んだんですか？」

「それがねえ、こんなときに私も言いにくいんだけど……」

と、伸代はぐずぐずとためらって、「実はね、お母さんにお金を貸してって頼まれて」

「あなたに？」

「ええ。もちろん、大した額じゃないのよ。ま、ちょっとしたことで必要だったんでしょう。何のためかは聞いてないけど」

「はあ……」

「ほんの――三十万円くらいなんだけど。もちろん、今すぐじゃなくたっていいのよ。ただね、これから年の暮れにかけて、何かとものいりでしょ」

「三十万円ですか」

「そう。――いつでもいいの。何か――お金に余裕ができたときでいいんだけど」

「今はとても……」

「そうよね。分ってるわ。あなたも大変でしょ。だから――二、三万円でも、年内に返してもらえれば……」

ココアが来て、里美はともかく一口飲んだ。

落ちつけ！　落ちつけ！

「──あの、お母さん、借用証とか、作ったんですか？」

と、里美は訊いた。

「それって──私が嘘をついてるとでも？」

「いえ、そういうわけじゃ……」

「私たちは仲のいい同僚だったのよ！　そんな、借用証を書けなんて言えるわけないじゃないの。私を信じられないのね？」

「そうじゃありませんけど」

里美も困ってしまったが、そのとき、ふと思い付いて、

「──あの、今井さんって、いつかお母さんが話してた人ですか。一緒に温泉に行ったとき、お風呂で転んで、腰を打ったって……」

と言った。

「ええ、そうそう！　そのときも、お母さんにお世話になったわ」

と、仲代が肯く。

「そうですか」

里美はゆっくりココアを飲むと、「そんな話、聞いたこともありません」

仲代はポカンとしていたが、やがて顔を真赤にすると、

「騙《だま》したのね！」

と、里美をにらみつけた。

「騙そうとしたのは、そっちじゃないですか」

里美は冷静に言い返すと、「これ、ココア代です」

と、五百円玉を一つ出してテーブルに置き、立ち上った。「失礼します」

里美がさっさと店を出て行く。

仲代はカッカして、

「人を馬鹿にして！　何よ！」

と、一人で文句を言っていた。

ウエイトレスが話を聞いて笑っているのが目に入って、ますます頭に血が上り、

「何がおかしいのよ！」

と怒鳴ると、立ち上って、「――いくらなの！」

「伝票、テーブルに」

仲代は、伝票をつかんでレジの方へ大股に歩き出し、とたんに、床にこぼれていた水で靴が滑った。

みごとに尻もちをついた仲代を見て、ウエイトレスはお腹を抱えて笑ったのだった……。

「冗談じゃないわ、本当に！」

里美はアパートへ戻ると、ともかく一旦部屋へ入って、お財布を置いてから一郎を受け取りに行こうと思った。

部屋の鍵をあけようとして——。

かかってない？

ドアを開け、里美は立ちすくんだ。

部屋の中がめちゃくちゃに荒らされている。引出しは床にひっくり返り、中身がぶちまけられているのだ。

「——空巣《あきす》だ」

と呟いて、里美は部屋へ上ったが——。

「どうしたの？」

と、背後で声がして、里美はびっくりした。

「あ……」

「里美ちゃん、これは？」

「杉原……さん」

爽香が立っていたのである。

「今帰って来たら、こんな……」

「まあ。――私、あなたに仕事のことで話があって」

爽香は中を見回して、「ひどいわね」

「どうしよう！　こんな……」

と、里美が言いかけると、突然爽香が里美の手をつかんだ。

「静かに！」

「え？」

――里美も気付いた。

トイレの水洗を流す音がしている。

「まだいるわ」

と、爽香が小声で言った。「あなたは廊下へ出て」

「でも――」

トイレのドアが開いた。

男が、二人に気付いて足を止める。

「――広山さん！」

と、里美が言った。

男は駆け出すと、里美を突き飛ばして廊下へ飛び出した。

爽香は里美を抱き起こして、

「けがは？」

「大丈夫です。――今の、広山さんだ」

「一郎ちゃんのお父さんね？」

「ええ……」

爽香はアパートの外へ出てみたが、もう広山の姿は見えない。もう夜になって辺りは暗くなっている。見付けるのは無理だろう。

部屋へ戻ると、爽香は河村へ電話を入れた。

話を聞くと、河村は、

「すぐ行く！　手をつけないで」

と言った。

「分りました」

爽香は、散らかった室内を見回した。

「――一郎、預かってもらってるんで」

と、里美が言った。

「ともかく、河村さんが来るまで、このままにしておかないと。預かってくれてる人の所へ行って、もう少しお願いして来た方がいいわね」

「はい」

爽香は、考え込んだ。

広山がどうしてこんなにアパートの中を荒らしたのか？

ここにお金などないことは分っているはずである。

里美がすぐに戻って来て、

「今、一郎がちょうど眠ってるんで、大丈夫です」

「良かった。――でも、どうしてこんなことを」

「分りません。あの人のものなんて、何もないし」

「鍵は？」

「持ってたかも。――取り替えてませんから」

「替えた方がいいわね」

「早速替えます」

「里美ちゃん、どこへ出かけてたの？」

「私、お母さんと同じお店の人に呼び出されて……」

と言いかけて、目を見開く。「あの人、きっとグルだったんだ！　私を外へ誘い出して、その間に」

「なんていう人？」

爽香は、里美の話を聞くと、「――うまく引っかけたわね！」

と笑った。

本当に、この子、私と少し似てるかも。

爽香はそう思った。

――河村が駆けつけて来たのは、十分ほどしてからのことだった。

13 泥沼

「今井伸代か」

と、河村は言った。

「河村さん、知ってるの？」

「葬式のとき、話を聞いたよ。自分が一番荻原栄と仲が良かったとか言ってたけど」

「私にもそう言いました」

と、里美は言った。

「ふざけた奴だ！」

と、河村は憤然《ふんぜん》として、「店に行って、うんと絞め上げてやる！」

「でも、広山って人、何を捜してたんだろうね」

爽香は、アパートの中を見回した。

「さっぱり分んない」

と、里美は首を振った。「お金になるようなものなんて、何もないと思うけど」

河村は、散らかったままの室内を見回して、

「広山はその何かを見付けたと思うかい？」

と言った。

「少なくとも、逃げるとき、手には何も持ってなかったわ」

と、爽香は言った。「小さくて、ポケットにでも入るようなものなら分らないけど……。でも、変な空巣ね。トイレを使ったりなんて」

「今井伸代を絞め上げれば、何かしゃべるだろう」

「でも、何も知らないって言われたら、どうしようもないわ。今井伸代と広山が共謀していたって証拠はないんだから」

「しかし……」

「きっと広山の居場所が分るわ。泳がせて監視してた方がいいんじゃない？」

「うん……」

河村は腕組みして、「早く逮捕してやりたい！」

「河村さん、気持は分るけど……」

「心配するなよ」

と、河村は笑った。

「でも、一郎が可哀そうだ。あんな人、父親だなんて言わせない」

里美は怒っていた。

「しかし、やはり何かを捜しに来たんだ」

河村は嬉しそうに、「君はどう思う？」

事件に係っていられることが楽しくて仕方ないのだろう、と爽香は思った。

「広山さん自身に訊いて下さい」

里美は不機嫌なまま答えた。

「そうだ」

爽香は思い出して、「忘れてた！　ね、里美ちゃん、あなたに仕事の話を持って来たの」

「何かありそうですか？」

「すぐに正式な社員になるのは無理みたいだけど。あなた、歩くのは強い？」

「一日中だって平気です」

「〈G興産〉の分室があるの。そこと、広告会社やデザイン事務所の間のおつかい役なんだけど。ただの書類ならファックスやメールでいいけど、デザインの原画とか色の見本とかは直接届けなきゃいけないんですって。その仕事だけど、本当に一日中電車や地下鉄で駆け回るの。——体力的にはかなり大変だと思うけど」

「やります！」

と、里美は即座に言った。「きちんと収入があれば、安心ですから」

「分ったわ」

爽香は里美の肩を軽くつかんで、「ちゃんと仕事してれば、また他の道も開けるかもしれない。——ただ、疲れて夜学に通うのは難しいかも」

「そこまで心配して下さって、ありがとう。でも、私、苦労するのは平気です。——お母さんの代りができれば、嬉しいもの」

爽香は微笑んだ。

「——引出しの奥まで引っかき回してるな」

と、河村が言った。「この戸棚なんか、下に敷いたビニールシートをはがしてる」

「ただお金目当てじゃないわね」

「うん。事実はともかく、広山は君のお母さんが何かを隠していると信じてたんだな」

「でも、そんなにお金になるものがあったら、うち、もっと楽してました」

里美の言葉はもっともだった。

爽香のケータイが鳴る。

「——はい」

と出てみると、

「爽香さん？　山本《やまもと》しのぶです」

栗崎英子のマネージャーである。

「あ、どうも」

「あのね、喜美原さんがさっき亡くなったと連絡が」

「――そうですか」

英子に言われていたから、予想はしていたことだった。

「お忙しいのに悪いけど、葬儀のお手伝いをしていただける？」

「ええ、もちろん。――栗崎様はご存知なんですか？」

「今、本番中なの。今日の分の撮影が終ったら申し上げようと思って」

「そうですね。今、ご遺体は――」

「まだ病院。もう夜だし、明日ご自宅に帰られると思います」

「じゃ、これから病院へ行きます」

「輝代さんの相談相手になってあげて。お願いします」

「できるだけのことは」

と、爽香は言った。

爽香がケータイをしまうと、

「大変ですね」

と、里美が言った。

「え？」

「みんなが爽香さんを頼りにしてる」

爽香は微笑んで、

「そんなことないわ。私を役に立ててくれる人たちがいるの。人に信じてもらえることくらい、すてきなことってないわよ」

と言った。「河村さん。後、よろしく」

「ああ、任せてくれ」

「じゃ、仕事のこと、明日また連絡するわ」

と言うと、爽香は足早に出て行った。

「——すてきだな」

と、里美は言った。「私も、あんな人になりたい」

河村は微笑んで、

「君ならなれそうだ」

と言った。「僕もよくあの子に叱られるよ」

「河村さんが？」

「うん。でも、君はそこまで似なくていいからね！」

河村の口調は至って真剣だった。

「あれ？——電話だ」

里美は、床に転っていたコードレスの受話器を急いで取り上げた。

「もしもし。──荻原ですが。──もしもし？」

「君は里美君か？」

と、男の声。

「はい」

「そうか。お母さんのことは気の毒だったね」

「あの……どなたですか？」

と、里美は言った。

「僕は君のお母さんをよく知っていた。本当にいい人だった」

言葉がはっきりしていて、落ちついている。

「もしかして──うちの口座にお金を振り込んで下さったの、あなたですか？」

河村がそれを聞きつけて、急いで寄って来ると、受話器から漏れてくる声に耳を寄せて聞き入った。

「君と弟さんの学費の足しにでもしてくれ」

「そんなこと、できません。どなたですか？　お名前を──」

「それは言えない。すまないがね」

「あの──お母さんとは、どんな関係だったんですか」

「友人だった」

と、即座に答える。「本当だよ。恋人というわけじゃなかった。お互い、いい友人だった」

「そうですか……。でも、やっぱり見ず知らずの方に、お金をいただくわけにはいきません。お返ししたいんです。お母さんも、受け取るなと言うと思います」

「君はしっかりした子だ。お母さんは、いつも君のことを自慢していたよ」

「はい……」

「確かに、君としては受け取りにくいお金かもしれないが、お母さんも決して怒らないと思う。ぜひ、君たちの生活費にしてくれたまえ」

「だけど——」

「じゃあ、元気でやってくれ」

「あの——もしもし！」

切れてしまった。

「——河村さん」

「うん。お母さんと友人だったと言ってるが、お店の客だった可能性は高いと思う。そこで知り合って、個人的にも付合っていたのかもしれない。——僕は店へ行ってみるよ」

「はい」

里美は、河村を玄関で見送ると、預けておいた一郎を受け取りに行った。

——どうしよう？

里美は、一郎を連れ帰ると、お風呂へ入れた。片付けは後だ。

迷っていた。

河村に、つい切り出せなかったのだ。

あの電話での優しく穏《おだ》やかな口調、声。

里美は、あの男と会ってみたいと思ったのである。

そして、半《なか》ば無意識の内に、あの電話のやりとりを、留守電用のテープに録音するボタンを押していたのだった。

一郎を寝かしつけて、里美は荒らされた室内を片付け始めた。

ガラスや茶碗の割れたものは破片が散っているので、踏んでけがをしないように用心しなくてはならなかった。

電話機を元の通り棚に戻すと、里美はさっき録音したテープを再生してみた。

「——君はしっかりした子だ。お母さんは、いつも君のことを自慢していたよ」

暖く、穏やかな声だ。

一体どんな人なのだろう？

いつしか、里美は座り込んで、その男の声に聞き入っていた。

目を閉じると、優しい笑顔、おっとりとした物腰が見えてくる。

その声は、里美の持っている「父親」というイメージとぴったりだった。もちろん、考え過ぎなのかもしれない。声だけで姿まで想像しても、がっかりするだけだろう。

でも、今、母を失った里美にとって、その声は熱いスープを飲んだように、胸にじわりと広がってくるのだった……。

電話が鳴り出して、里美はハッとすると、出る前に、その留守電用のテープを取り出した。

「――もしもし」

「里美、俺だよ」

「え?」

すぐには分らなかった。しかし、こんな口をきくのは――。

「広山さんですね」

「うん」

「どういうつもりなんですか? 空巣に入るなんて!」

里美は、部屋の中を見回して、「片付けるだけだって、大変なんです」

「ごめんごめん。しかし、『空巣』はひどいよ。君の母さんとは――」

「もう一度入る予定があったら、教えて下さい。刑事さんに待っててもらいますから」

「怖いね」

広山は苦笑しているようだった。

「何が目的だったんですか？」

「なあ、里美」

「呼び捨てにしないで」

と言い返す。「私、一郎の母親のつもりなんです」

「ああ、そのことはありがたいと思ってるよ。本当だ。今は余裕がないけど、金ができたら送るようにする」

そんな話が信用できないことぐらい、里美にも分っている。

「里美君。――これでいいかな」

「何ですか」

「俺はね、君の母さんと一緒に、ちょっとした金儲《もう》けをしようとしてたんだ」

「嘘だわ」

「本当さ！　いいかい、君の母さんは、その金儲けのネタを何か持っていたはずなんだ」

「私は、そんなこと一言も聞いてません」

「言いにくかったんだろう。男と女ってのは、やっぱり体の関係があると、またすぐ元に戻るものなんだ。君には分らないだろうけどね」

里美は受話器を持つ手が震えた。

母のことを汚《けが》されたような気がしたのだ。

「私は何も知りません。今度忍び込もうとしたら、刑事さんに頼んで撃ち殺してもらいますからね！」

一気に言って、受話器を置く。

あんな男と、母がよりを戻していた？

「でたらめだわ！」

里美は、広山に聞かせるかのように、大きな声を出した。

「あ、いけない」

眠っていた一郎が、びっくりして泣き出したので、里美はあわてて口を手で押えたのだった……。

14　光明

「まあ、刑事さん」

と、バーのママらしい雰囲気のその女は河村の向いの席に座った。

「河村です。あなたがここの――」

「店を任されてます。川内千枝《かわうちちえ》です」

と、名刺を出す。「――栄さんを殺した犯人は、分りまして？」

「今、必死で調べていますよ」

「必ず見付け出して下さいね。あんないい人をどうして……」

と、川内千枝は首を振って言った。

「今井伸代ってホステスは？　今、いないようですね」

と、河村は訊いた。

「伸代さん？　ええ、何だか、急に寒気《さむけ》がして、と電話がありまして。――あの子が何か？」

「いや、お葬式のときにちょっと話をしたので」

「ええ、代りに行ってもらったんですの。私、あんまり辛くて。——あ、何かお飲みになりま
す？」

「ウーロン茶を。勤務中だし」

「はい。ちょっと、ウーロン茶一つ、こちらへ」

と、川内千枝は言いつけて、「——本当に、栄さんは若い子たちに色々小言《こごと》も言いましたけど、あの人のおかげで、若い子たちがお客様に対するマナーを身につけたんです。とてもよくできた人で」

「客との間にトラブルとかは？」

「全くありません」

と、川内千枝は首を振って、「どんなお客様でも、決していやな顔を見せませんでしたし。他の子がトラブルを起すと、よく間に入って、代りに詫《わ》びてくれました」

「なるほど。——や、どうも」

河村はウーロン茶を一口飲んで、「彼女に特に入れ込んでいた客はありましたか」

「さあ……。私も、あの人に関しては、完全に任せてましたから」

川内千枝は少し考え込んでいたが、「——ね、百合《ゆり》ちゃん」

と、若いホステスを呼んだ。

「はい」

「あなた、栄さんと割と話してたでしょ。特別なお客って知ってる？」

「ええと……」

ふっくらとして丸顔の百合という子は、一緒に腰をおろすと、「広山さんのことがあってから、栄さん、用心して深い付合いはしないようにしてました」

「そうね。――広山さんのことは？」

「分っています」

と、河村は肯いた。

「私もずいぶんお世話になって……」

と、百合は湿っぽく言った。「六人連れのお客ともめたときも、栄さんに叱られました」

「六人連れ？　それって何のこと？」

「あ、いけない。――ママのお休みの日でした」

「隠してたの？　だめよ、言ってくれなきゃ！」

「はい」

百合がペロッと舌を出す。

「舌を出すのはよしなさい、って言ってるでしょ」

「すみません」

「六人連れのお客がどうしたの？」

「もう、大分前です。強引に飲ませてたら、怒っちゃって。凄い勢いだったんです」

「それで？」

「栄さんが取りなして下さって。——あ、そうだわ、そのときも、『先生』が代りにその方たちの分を払われたんです」

「まあ、それじゃますます言ってくれなきゃ困るじゃないの」

「すみません」

「——『先生』って？」

と、河村が訊く。

「ああ、栄さんの所へ時々みえてたお客様でしてね」

「何かの先生なんですか？」

「そうじゃありません。名前もおっしゃらない方で。——見た感じが、芸術家風だっていうんで、私ども勝手に『先生』と呼んでるんです」

「それと、しゃべり方が、やっぱり先生みたいってことも」

と、百合が言った。

河村の胸がときめいた。——里美に電話して来た男だ、と直感的に思った。

あの口調、よく通る声は、「先生」とあだ名されるのにぴったりだ。

「その『先生』のことを知りたい。どんなことでもいい。思い出せることは何でも」

と、河村は身をのり出した。

「まあ……。でも、とてもいい方でしたよ。決して無理もおっしゃらないし」

「いや、その男が犯人だと言ってるんじゃありません。しかし、少なくとも栄さんが打ち解けて話をしそうな相手じゃありませんか。その『先生』の話から、栄さんを恨んでいた人間のことが分るかもしれない」

「そうですねえ……。でも、本当によく知らないんです。初めてのとき、確か偶然に栄さんについて、何だかとても気が合ったようで――」

「外でも付合っていたようなことは？」

「それはなかったと思います。それに『先生』は、そう度々来られてたわけじゃないんですよ。そうですねえ……。たぶん、月に一、二回ってとこじゃないかしら」

百合というホステスが口を挟《はさ》んで、

「それに、一時間しかいらっしゃらなかったし」

「一時間？」

「そうなんです。いつもきっかり一時間でお帰りになるの。どうしてだか分りません。栄さんも『わけを訊いても、絶対におっしゃらないのよ』って言ってました」

河村は、その「先生」の外見上の特徴を訊き出して、メモを取った。

居合せた他のホステスにも訊いたが、「先生」について、特に知っていることはないようだった。

「――その、六人連れが文句を言ったときには十万円も出したんだね」

自分のせいで迷惑をかけたわけでもないのに、十万円という金をポンと出す。

それは、里美のところへ五百万という金を振り込んで来たやり方と共通する。――河村は、やはりあの男が「先生」に違いない、と思った。

「どうもありがとう。何か思い出したら、連絡を」

と、河村が立ち上って、「いくらだい？」

「あら、こんなもの結構ですよ」

「そういうわけにはいかないよ」

河村は、たぶん普通の客の何分の一かのウーロン茶代を払って、店を出た。

「お仕事でないときにも、遊びにいらして下さいね」

と、川内千枝が送りに出てくる。

「そうだね。じゃあ」

と、河村は微笑んだが――。

川内千枝の後ろに、あの百合というホステスが立って河村を見ていた。その視線に、河村は何かを感じ取ったのだ。

何か言いたいことがある。――その目はそう訴えていた。

河村はそういう思いを読み取ることにかけてはベテランである。

そのまま店を後にして、しばらく行ってから振り返る。

あの子は何か話したがっている。しかし、店のママの前では言えない。

腕時計を見る。――あと二時間もすれば店も終るだろう。それくらい待つのは平気である。

河村はふと早川志乃のことを思った。志乃のアパートはここからそう遠くない。

ケータイを取り出してかけてみると、

「――はい」

と、用心深い声が答える。

「僕だよ。今、外なんだけど、一時間くらい時間ができて。そっちへ行ってもいいかい？」

「ええ！　近くなの？」

「うん。二十分もあれば行ける」

「待ってるわ！　あかねちゃんは寝てるけど……」

「顔だけでも見られる」

「ええ。じゃ、すぐ来て！」

志乃の声は弾んでいる。

河村の胸が痛んだ。――俺は残酷なことをしている。

河村は、やって来た空車を、手を振って停めた。

河村がそのバーの近くへ戻って来たとき、ちょうど店からコートをはおった女たちが出て来るところだった。

——間に合った！

「じゃ、おやすみなさい」

と、別れて行く。

その中に、あの百合というホステスを、河村は容易に見分けていた。

幸い帰り道は一人のようだ。

河村は少し間を置いて、尾《つ》けて行った。

間に合わないかと思ってハラハラしていたのだ。

一旦上ってしまうと、一時間でパッと志乃の所から出るというわけにはいかなかった。

用意してくれた夜食を食べ、ちょうどオムツをかえるので目の覚めたあかねの相手をして、志乃が寝かしつけるのを見ていた。

その後、志乃を抱かないわけにはいかなかった。

焦って飛び出すのもためらわれて、ぎりぎりの時間になってしまったのである。

しかし、ともかく間に合った。

——大分店を離れてから、河村は、

「君」

と、声をかけた。

百合はびっくりして振り向くと、

「——刑事さん！　ああ驚いた！」

と、息を吐いた。「待ってらしたんですか？」

「少し時間を潰《つぶ》してね」

と、河村は肯いた。「君、何か言いたいことがあるんだろ？」

百合は、ちょっと目を伏せて、

「はっきりした話じゃないんですけど……」

「話してみてくれよ」

百合はちょっと周囲を見て、

「ここじゃ、ちょっと……。私のいるアパート、すぐ近くなんです。いいですか？」

「君さえ良けりゃ、お邪魔しよう」

「じゃ、どうぞ」
五、六分歩いた、少し寂しい場所だった。
お世辞にも新しいとは言えないアパートだが、２ＬＤＫの部屋は一人住いには広い。

「前は男と暮してたの」

と、百合は河村にお茶を出して、「逃げられちゃって、今は一人」

「気の毒に」

「でも、自分ではちっとも働かない人だったから、却ってホッとしたわ」

百合はそう言って、「栄さんの『先生』のことね」

「うん」

「私、一度あの人が店を出て、車に乗るのを見たの」

「それで？」

「私は、お客さんに頼まれて、タバコを買いに出てたの。そしたら、お店から大分離れた所に黒塗りの車が停ってて、あの『先生』が乗り込むところだった」

「自家用車？」

「違うと思うわ。運転手が白い手袋はめてドアを開けてた。それに、背広姿の男の人が、あの『先生』を出迎えてた」

「ほう」

「その人が、『先生、お急ぎにならないと』って言ってるのが聞こえたの」

「『先生』？　本当にそう呼んだのか」

「ええ。あの人、本当に『先生』なんだ、って思ったのを憶えてる」

「他には何か聞かなかった？」

「聞いてない。でも、あの人、相当に偉い人だって印象だったわ」

河村は薄いお茶をゆっくりとすすって、考え込んだ。

「先生」か……。

運転手、秘書付きの「先生」とは、どんな人間だろう？

15　秘　密

爽香は、そっと玄関のドアを開けた。

「ただいま……」

小声で言ったのは、「一応、きちんと日常の挨拶を忘れないようにしよう」という気持と、仕事で疲れて先に眠っているかもしれない明男を起さないように、という思いとの妥協の結果である。

午前一時近かった。

喜美原治が亡くなったというので、その病院へ行って、未亡人の輝代、娘の春子《はるこ》と一緒にしばらく過した。

覚悟はしていたのだろう、輝代も春子も落ちついていたが、涙の代りに、喜美原との楽しかった日々の思い出が、二人の口から次々に溢《あふ》れ出て来た。

それを聞いてあげることが、何よりの慰めだ。――結局、撮影を終えて駆けつけて来た栗崎英子を〈Pハウス〉まで送って、爽香はやっと帰宅したのである。

「――疲れた」

爽香はスーツを脱ぐと、いささかだらしない格好のままソファに引っくり返った。

明日も早い。眠らなくては、と思うのだが、その前にお風呂にも入らなくては。でも、体の方が言うことを聞かない。

「もうトシだ」

と呟いて、欠伸《あくび》していると、

「お帰り」

明男が顔を覗かせる。

「あ、ごめん。起した？」

「いや、まだ寝てなかったよ」

パジャマ姿の明男は、「風呂、冷めてるぜ。お湯入れとこうか」

「シャワーだけですますからいいわ」

「ちゃんと湯舟に浸《つか》れよ。疲れが取れるぞ」

明男が浴室へ行く。

お風呂の好きな爽香のことを分ってくれているのだ。

「――今、お湯を入れてる」

と戻って来て、「何かあったのか？」

「喜美原さんが亡くなって」

「あのバリトン歌手?」

「そう。——またお葬式だわ」

爽香は起き上って、「お香典の袋、買って来ないと。重なるものね、こういうことって」

爽香はふと気付いて、

「夕ご飯どうした?」

「外で食べたよ。どうせ八時まで仕事してたから」

「好きなものばっかり食べないでよ」

「自分はどうなんだ? ちゃんと食べた?」

「私は大丈夫」

「気持だけそう思っても、体は正直だぜ。無理するな」

「うん……」

ソファに並んで座った明男の方へ、爽香はもたれかかった。明男の腕にスッポリとおさまる。

「——お前一人で何でも引き受け過ぎるんだよ。少しは手を抜け」

「そうね……。〈G興産〉のプロジェクトが軌道に乗ったら、もっと忙しくなるわ、きっと」

「俺は大丈夫だから、自分の体を心配しろ。な?」

「優しいこと言ってくれるのね」

爽香は明男の方へのび上ってキスすると、「だめだめ。私が面倒みてやんなきゃ、明男はどこに爪切りが入ってるかも分んないでしょ」

と言って笑った。

「――あ、そうだ。充夫さんから電話あったぜ」

「お兄さんから？　何か言ってた？」

「いや。またかけるって。十一時ごろかな」

「じゃ、明日でもかけてみるわ」

爽香は立ち上って、「お風呂に入ろう！　先に寝てて。明日は何時？」

「七時半かな」

「分った」

――爽香は浴室へ行ってお湯の蛇口を止めると、さっさと裸になって熱いお湯に身を沈めた。

ああ……。やっぱりお風呂っていい！

ありがと、明男……。

顎《あご》のところまで湯に浸り、目を閉じて、しばし爽香は仕事のことも、お葬式のことも、すべて忘れていた。


夜ふかしはいつものことだが、それでも夜中の三時にケータイが鳴るのは珍しい。

「いたずらかしら……」

と、出る前に表示を見ると、「あ、何だ」

ホステス仲間の電話なら分るというもの。

「——もしもし、仲代さん？」

「百合ちゃん、ごめんね、こんな時間に」

と、今井仲代は言った。

「どうせ起きてた」

と、岡部《おかべ》百合はネグリジェ姿でベッドに仰向《あおむ》けに寝ると、「仲代さん、具合悪いとか聞いたけど、大丈夫？」

「え……。まあね」

「あ、仮病なんだ」

百合は面白がって、「もしかして、今夜お店にみえた刑事さんのせい？」

「来たの？　河村っていう——」

「ええ。私の部屋へ寄ってったのよ」

「え？　何よ、それ？」

「でも、何もなかった。いい男よね。私のタイプだわ」

「呑気なこと言って！　——ね、何か私のこと、言ってた？」

「ママに何か訊いてたみたい。でも、詳しくは知らない」

「いやだなあ……」

と、仲代はため息をついた。「あんな奴と係り合うんじゃなかった!」

「あんな奴って?」

「広山のこと。憶えてる?」

「栄さんの彼氏だった広山さん?」

「うん。今は一文無しで、哀《あわ》れなもんよ。つい同情したのが間違い」

「何かやったの?」

と、百合が訊くと、仲代はあわてて、

「やってないわよ! 広山が何したって、私の知ったことじゃない」

「何だかよく分んないけど」

百合はニヤニヤしながら、「栄さんのところへ来てた『先生』のことに、刑事さん、関心持ってたみたい」

「私もよ。でも、何も手掛りがないの」

「どうして仲代さんが関心持つの?」

少し間があって、

「――ねえ、百合ちゃん」

「うん」

「秘密、守れる？」

「守らなきゃいけないときはね」

「あの『先生』のことで、栄さん、口止め料を取ろうとしてたらしいの」

百合は目を丸くして、

「それで殺されたってこと？」

「かもしれない。だって、あの『先生』って、正体不明でしょ」

「待って」

突然、百合は思い出した。「私、栄さんと同じロッカー使ってた。亡くなって整理してたとき、封筒に入れたポラロイド写真、見付けて、私、持ってる」

「あの『先生』の？」

「隣の席のお客を撮ったんだけど、写真の端の方に、かなりはっきり『先生』が写ってるわ」

「もしかして、それが――」

微妙な沈黙があって、再び口を開いたとき、仲代の口調は変っていた。

「百合ちゃん、その写真でお金儲けしたい？」

「そりゃしたいけど……。でも危い真似はいやよ」

「広山よ」

「広山さんがどうしたの？」

「危いことはあの人に引き受けてもらう。私たちは表に出ないで」

「できる？」

「栄さんは、何千万ってお金が入ると言ってたって」

「何千万！」

百合の眠気は吹っ飛んだ。

「ねえ、明日でもじっくり相談しない？」

「うん、分った」

「その写真のこと、絶対誰にも言っちゃだめよ！」

「分ってる」

――百合は、伸代と明日の少し遅いランチを約束して、通話を切った。

「何千万か……」

正体を隠すことに、そんなにお金を出す『先生』って……。

黒塗りの乗用車。運転手。秘書……。

「――政治家だわ」

と、百合は呟いた。

「おはようございます！」

元気な声がオフィスに響く。

「やあ、〈飛脚ちゃん〉か」

と、広告部のスタッフが愉快そうに、「あのね、六本木《ろっぽんぎ》の〈Sスタジオ〉へ行って、カメラマンからネガを受け取って来てくれ。六本木の〈Sスタジオ〉、分るね？」

「はい、大丈夫です」

「行けば分るから」

「じゃ、行って来ます」

——里美は、ほとんどそのままUターンで外出。

それが仕事である。

「——張り切ってるわね」

と、その様子を見ていたのは爽香である。

朝から、打合せで〈G興産〉へ来ていて、ちょうど荻原里美の出勤を見たのである。

「いや、いい子だね」

と、広告の部長が微笑んで、「今どき、あんな子がいるんだ、と驚いたよ」

「よろしくお願いします」

と、爽香が頭を下げる。

「あの子の力一杯の挨拶を聞くとね、くたびれ切ってる広告の連中も元気になるんだ」

そう、ああいう「元気」は周囲の人々へ伝染していくのである。

——荻原里美が〈G興産〉の広告・宣伝のセクションで「メッセンジャー」として働くようになって一週間余り。

里美は「飛脚ちゃん」と呼ばれていた。その軽やかな足どりと、いやな顔一つ見せずに何度でも出かけて行くところから、誰かがそう呼んだのである。

もちろん、爽香も、田端に呼ばれてここへやって来たときに、こうして里美の評判を聞くだけだったが、とりあえずはホッと胸をなで下ろしていたのだった。

爽香がエレベーターホールへ出て行くと、里美がまだエレベーターを待っていた。

「あ、爽香さん」

「張り切ってるね」

「ええ。私みたいに単純な人間にはぴったりみたい」

と、里美は笑って言った。「ただ、社内の人の顔をほとんど憶えないの」

「まだ一週間よ。誰だって、そう簡単に憶えられないわ」

「大人って、みんな似て見えるんですもの」

「その内、少しずつ分ってくるわよ。——それじゃ」

下りのエレベーターが来て、扉が開く。

「行って来ます」

と、里美は乗り込んで、クルリと爽香の方を見ると、小さく会釈した。

爽香が手を振ってくれる。

里美は、数人の社員と一緒に一階へと下りて行った。

「――今のが杉原とかって女か」

と、若い男性社員が同僚へ言った。「社長のお気に入りなんだろ」

「らしいな。――今度のプロジェクトでも、ずいぶん口を出してるらしいぜ」

「社長と何かあるのかな」

「俺じゃ色気は感じないけどな」

二人は笑った。

里美は、聞いていて腹が立った。

どの男たちも同じように見えるサラリーマン社会だが、こういう手合《てあい》も大勢いるのだろう。

「放っとけばいいのよ」

と、爽香の言うのが聞こえてくるようでもある。

一階へ着くと、里美は真先にエレベーターを降りた。

「どうぞ、先生」

という声。

「ありがとう。少し早く着いたね」

——里美の足が止った。

後ろから歩いて来た、あの男性社員たちが里美に突き当りそうになって、

「急に立ち止るなよ！」

と、文句を言って行った。

里美が振り返ると——エレベーターの扉は閉っていた。

今の声……。あれは、アパートへかけて来た「謎の男」のものとよく似ている。

エレベーターの扉が開くなり、さっさと歩き出していた里美は、入れ違いに乗り込んだ男のことなど、全く見ていなかった。

もうエレベーターは上って行く。

よく似た声の人は、いくらもいる。

自分にそう言い聞かせて、しかし、声は似ていても、話し方までは似ないだろう。

しかも、そばにいた人間が、

「先生」

と呼んでいた。

偶然だろうか？　それとも——。

早く。早く行かなくては。
後ろ髪を引かれる思いで、里美はビルを出たのだった。

16 張りつめて

「爽香さん」

〈Pハウス〉のロビーで、栗崎英子は足を止めると、忙しくロビーを通り抜けようとする爽香を呼び止めた。

「あ、栗崎様。申しわけありません。気付きませんで」

「忙しそうね」

英子は、あでやかな和服姿。マネージャーの山本しのぶへ、

「十分待って」

と言っておいて、爽香をソファの方へ連れて行く。

「何かご用が……」

「最近ゆっくり話もしないから」

そう言われて、爽香は目を伏せた。

「すみません。ここの仕事が私の本来の仕事なのに……」

「いいの。分ってるわよ。あなたのような優秀な人は、他に必要としてる人が大勢いるの」

と、英子は言った。「私は元気だし、ドラマも途切れずにあるしね。ありがたいことよ」

「栗崎様――」

「でもね、ひと言言わせて。あなたは忙し過ぎる。今のまま、こっちに心を残して新しいことで駆け回っていたら、その内倒れるわ。断言してもいい」

と、英子は爽香へ言い聞かせた。

「それは分ってるんですけど……」

「私はね、スター女優として、日本映画界の一番忙しい日々を知ってるわ」

と、英子は続けた。「三日ぐらいの徹夜は当り前、時には一週間、ぶっ続けで働いて、一日眠ってまた一週間、なんてこともあったわ」

英子は首を振って、

「今思えば、どう考えたってまともじゃないわ。でも、人間その渦中にいると分らなくなってしまうの。暇になると不安でたまらなくなったりね。一人なら、体の方が言うこと聞かなくてダウンする。でも、グループでやっていると、その場の雰囲気で、頑張れてしまうの」

「それで体を……」

「そう」

と肯いて、「どこかおかしいと思っても、検査に行く時間もない。血を吐くか、突然気を失うか。――何かあってから、やっと病院へ。そういうスタッフを、私は何十人も見て来たわ」

爽香も、いつしかじっと聞き入っている。

「今のあなたを見てるとね、そういう倒れて行った仲間たちを思い出すの。いつも走ってたわ。忙しくって、歩いてなんかいられなかった。四六時中、駆け回ってた」

爽香もドキッとする。

「上の人に話して、ここの担当を代ってもらいなさい」

と、英子は爽香の肩を叩いた。「寂しいけど、あなたに倒れられるよりいいわ。時々、顔を見せてくれれば」

「――はい」

と、爽香は肯いた。

「とことん、続かなくなるまでやってからじゃ遅いの。余力を残している間に、切りかえるのよ」

「分ります」

「責任感が強いのは、そりゃあいいことよ」

と、英子は言った。「でもね、何もかも自分一人でしょい込まないで。責任にも順番をつけるのよ。その第一から始めて、第三で手一杯になったら、第四以降は他の人に任せる。それだけのゆとりがないとだめ」

「ありがとうございます」

爽香は頭を下げた。「栗崎様だけは、自分が担当したい、という思いが強かったんです」

「ありがとう」

「でも、他の人間じゃ分らない、っていうんじゃいけないんですね。私が今日からいなくなっても、お客様には少しもご迷惑をかけないようでなくちゃ」

「私はね、あなたが血を吐いて倒れたりするのを見たくないの。——自分のことは自分で心配しなきゃ。どんなにいい上司も、そこまでは考えてくれないのよ」

「はい……」

「どんな巨匠の映画だろうが、私、くたびれてやれないときは、『やれません。今日はもう帰ります』って言ったものよ。頑張っていて倒れると、美談みたいに言われるのがおかしいの。そんなことを言うのは、自分が倒れたことのない連中」

英子は、山本しのぶが腕時計を指すのを見て、「もう行かなきゃ。——じゃ、気を付けて」

「はい！　ありがとうございました」

「あ、見送らなくていいから。行ってくるわね」

「行ってらっしゃい」

爽香はその場で見送った。

——英子の言葉で、爽香は自分がどんなに無理を重ねているか、初めて気付いた。

他人の目でこそ分ることがあるのだ。

ロビーを行く爽香の足どりは、のんびりしていた。

ケータイが鳴って、

「はい」

公衆電話である。

「もしもし、爽香か」

「お兄さん。——この間、うちへ電話くれたっていうから、何回かそっちへかけたんだけど」

「分ってる。ここんとこ、忙しくって」

誰もが「忙しい」。でも、不況だと言い、金がないとグチをこぼす。

一体、その「忙しさ」はどこで消費されているのだろう。

「な、爽香、お前は元気か」

「私？　うん。——どうして？」

「いや……。金、返せなくて、申しわけないな。気にしてるんだけど」

「返せるときに返してよ」

あれこれ言ってもむだだと分っている。「何か用だったんでしょ？」

「うん……。お前の友だちで、医者がいたよな」

「浜田今日子のこと？」

「ああ、そうだ。浜田だったな」

「彼女に何か？　どこか悪いの？」

「いや……。紹介してもらいたくて」

「他の科の先生を？」

「うん、そうなんだ」

「いいわよ、そんなことぐらい。何科に用なの？」

充夫がしばらく返事をしない。

爽香は、廊下の隅へ行って声をひそめると、

「お兄さん、まさか——。あの人のこと？　畑山ゆき子さん？」

返事がないのは、図星だからだ。

「子供……堕《お》ろしてくれっていうこと？　そうなんでしょ」

「——いつも悪いな」

と、充夫が言った。「でも、いい医者でないと、彼女が……」

爽香は深くため息をついた。

「——お兄さん、ともかく……。分ったわ。彼女を連れて、今日子の所へ行って。必ず一緒にね」

「分った」

「日時の打合せだけなら、会社へかけてもいいでしょ？　単なる仕事の打合せみたいに話せば」

「うん」

「今日子から電話させるわ」

「すまない」

「私に謝らないで。彼女に謝ってよ！」

爽香は、通話を切っても、しばらく立ちつくして動けなかった。

自分の頑張り、明男の苦労。——その一方で、兄、充夫の何と身勝手な生活だろう。

怒りを通り越して、諦めと空《むな》しさが爽香を捉《とら》えていた。

「——杉原さん」

受付の子が呼びに来た。「〈G興産〉の方からお電話」

「ありがとう。すぐ行きます」

爽香は自分で自分の背中をどやしつけるような思いで、深く呼吸して、大股に歩き出した。

電話は枕もとに置いていた。

長く鳴ると、一郎が目を覚まして泣き出してしまうということもあったが、里美はこのところ一旦眠ってしまうと、少々の音では目が覚めなくなっていたのだ。

もちろん、仕事があって、毎月、何とか食べていけるだけの収入が確保できているのは何よりありがたかったが、それでも疲れるのは事実である。

毎日歩き回って疲れることもあるし、気分的に疲れている、ということもあった。

十六歳で、大人に混って働くのだ。疲れて当然だろう。

寝坊しないように、目覚し時計も二つ置いている。——もっとも、夜中に時々一郎が目を覚ましてぐずることがあると、大声で泣いているわけではないのに、ふしぎと起きるのだった。

その夜、里美は十時には布団に入って、五分としない内に眠りに落ちていた。

電話は何度鳴ったのか。——たぶん、二、三度で取っていると思うのだが。

「——はい」

と言うと、少し間があって、

「里美君だね」

あの声だ！　いっぺんで目が覚めてしまう。

「はい」

「眠ってたんだね。すまない」

「いいんです。今——仕事しているので、朝が早くて」

「いや……。元気でやってるのかな、と心配でね」

「はい、何とか」

と、里美は言った。「いただいたお金に手をつけなくても、やっていけそうです」

「君はしっかりした子だ」

と、相手は言った。

「あの――お願いが」

「何だろう？」

「私――一度お会いしちゃいけませんか」

「僕に？」

「はい。――お父さんみたいな感じで」

「お父さんか」

と、笑って、「会えばがっかりする。会わない方がいいんじゃないかね」

「でも、会って話したいんです！　それに――お母さんの話も聞きたい」

向うも詰った。

「君ね……」

「私――あなたがどんな人でもいいんです。ただ、声だけ聞いてると、あれこれ想像してしまって、却って辛くて。いけませんか」

「そうだね……」

向うはしばらく迷っていた。

「決してご迷惑かけません。誰にも言いません」

相手が里美の言葉に心を動かされていることは分った。

里美は返事を待った。

受話器を握る手に、汗がにじんでいた。

17 焦点

いつもなら、目覚し時計を三回も止めないと起き出さない今井伸代だが、今日は一回鳴らしただけで——それも鳴る数分前から目が覚めていたのだから、正に「現金な」とはこういうことを言うのだろう。

お金儲けの話となれば、朝六時にだって起きてもいい。

しかし、ともかく約束は午後の二時、伸代がよく買物に行く銀座のショッピングセンターのティールームである。

岡部百合は、伸代より五歳くらいも年下だが、頭の切れる子だ。——伸代としては、広山のような「お荷物」をしょい込むより、百合と組む方がずっといい。

それに、お金ができれば、とりあえず寂しさを紛らわせてくれる男はいくらも見付かる。

二時を十分ほど過ぎたころ、岡部百合がやって来た。

「遅れてごめんなさい」

と言われて、伸代は当惑した。

仲代にとって、十分くらいの遅れは「遅刻」の内に入らない。百合は几帳面なのである。

「大学の友人の所へ寄ってたの」

と、百合はハーブティーを頼んで言った。「パソコンとかにとっても詳しい子でね。今は自宅でパソコン何台も使って、何か怪しい商売してる」

「へえ。私、全然だめ」

「私も少しは使えるけど、難しい作業はね……」

「それで何か分ったの？」

百合は持っていた大判の封筒を開けて、

「あのポラロイド写真の中の『先生』の顔だけを、パソコンに取り込んでもらって、色々細工してみたの」

「細工って？」

「普通は、ひげをつけたり、髪をのばしてみたりするんだけど、今回は逆で、元の写真が口ひげ、長髪だから、それを消したらどうなるか、やってみてもらったの」

「へえ」

「今は便利な世の中ね。――はい、これ」

封筒から出したのはプリントアウトした写真である。

「これ……誰？」

「こっちが元のポラロイド。——ね？」

「ああ……。へえ、こんなことができるのね」

「感心してないで。どこかで見た顔だと思わない？」

仲代は首をかしげていた。

「タレントか何か？」

「TVのニュース、見ないの？」

「バラエティしか見ない」

いかにも、というところである。

「ニュースによく出てくる顔よ。——ほら」

百合は、バッグから新聞の切抜きを取り出した。

「——これ？」

「そう。よく見て」

「うん……。似てるかなあ」

「絶対よ」

百合は自信ありげに肯いた。「あの『先生』って、S大教授から大臣になった、成田功だわ」

「——名前は聞いたことある」

と、仲代は心もとなげに言った。「その人が変装して？」

「お忍びで、栄さんの所へ通ってたってわけね。ただ、バーに行くぐらい、どうしてそんなに隠さなきゃいけなかったのかってことが問題ね」

「うち、大臣が来るようなバーじゃないもんね」

「それにしても、カツラに付けひげなんて大げさよ。何かわけがあるんだわ」

百合はハーブティーを一口飲んで、「いやだ。カモミールの味がちっともしない。どういうブレンドしてるのかしら」

と、顔をしかめた。

「——これからどうするの？」

「成田って人には何か秘密があったのよ。でなきゃ、バーに通ってるってことだけで、大金をゆすれるなんてはずないもの」

「それはそうね」

「その秘密が何だったのか。それを何とかしてつかまなきゃね」

と、百合は言った。

「でも、どうやって？　ノコノコ訪ねて行っても、会っちゃくれないでしょ」

「それはそうよね。ただ、一つ手がかりがある」

そう言って、百合はそのポラロイド写真を裏返した。

そこにはケータイの番号がメモされていた。

「たぶん、あの『先生』のじゃないかと思うわ」

「この番号が——？」

「かけてみた？」

「まだよ。タイミングが問題」

百合には何か考えがあるようだった……。


爽香は、朝から珍しくずっと机に向っていた。

というより、パソコンを使っていたのである。ワープロソフトで、自分の担当している入居者についての細かい注意事項を列記していく。

むろん、入居者一人一人のデータは保管されているが、爽香が作っているのは、もっと細々とした日常についてのメモ。

たとえば、この人はシーツにあまりノリを効かせてはいけない、とか、あの人はレストランに入ったとき、オーダーした後でもメニューを眺めて、「明日は何を食べようか」と考えるくせがあるので、メニューをさげてしまってはいけないとか……。

年寄にとっては、そんな細かい点を分っていてくれることが嬉しいのだ。

これをある程度作り終えたところで、爽香は田端に頼んで、この〈Pハウス〉から〈G興産〉へ移してもらうつもりだった。

そうしないと、どっちの仕事も中途半端になってしまう。

爽香のケータイが鳴った。

「――はい、爽香です。――あ、今日子」

旧友の浜田今日子である。

「ごめんね、厄介《やっかい》かけて」

と、爽香は言った。「兄貴、行った？」

兄、充夫が恋人の畑山ゆき子を妊娠させたらしい。堕ろすしかないが、もちろん妻の則子に知れたら大騒ぎになる。今日子に頼んで産婦人科の医師に紹介してもらうことにしていた。

「彼女は今日来たよ」

と、今日子は言った。「畑山――ゆき子だっけ。真面目そうな人ね」

「兄貴、一緒じゃなかったの？『必ず一緒に行け』ってしつこく念を押したんだけど」

「彼女の方が、来なくていいって言ったんじゃないのかな」

「どうして？」

「彼女、産みたいって言うのよ」

爽香は唖然《あぜん》とした。

「じゃ、そっちの先生には――」

「当人が産むと言ってるんじゃ、こっちとしては何もできないわ」

爽香はため息をついて、

「迷惑かけてごめん」

と詫びた。

「そんなことといいのよ。ただね、彼女の決心はかなり固いわよ」

「そんなに?」

「お兄さんには頼らない、って言ってたから、未婚の母になる覚悟を決めたのかしらね」

畑山ゆき子も、もう二十七歳だ。子供ではない。自分のしようとしていること、その結果も引き受けるつもりでいるだろう。

だが、今の日本では、まだまだそういう母親が一人で子供を育てつつ働く環境が整っているとは言えない。経済的にも肉体的にも、女性にはかなり過酷な負担がかかることになるだろう。

兄、充夫は、とても金銭的な援助をする余裕などない。第一、そんなことをすれば、則子に気付かれる。

「――そういうことなの。また何かあったら知らせて」

「ありがとう、今日子」

爽香は礼を言って通話を切った。

同時に「もう一人の女」のことを思い出す。

河村の恋人、早川志乃のことだ。――布子から頼まれていたことも。

早川志乃が子供を産んでいるのかどうか……。

「本当にもう……」

と、爽香は呟いた。「みんな、どうしてわざわざ事態をややこしくするんだろ?」

人間とはそういうものかもしれない。

この〈Pハウス〉に勤めていると、入居している親の財産を巡って、しばしばトラブルが起る場面に出くわす。もちろん、爽香たちが係り合うわけにはいかないのだが、存命中一度も訪ねて来なかった子供や孫が、亡くなると突然大勢押しかけて来たりするのを見ていると、やり切れなくなる。

「全く、もう!」

爽香はパソコンの前に戻っても、しばらく仕事にならなかった。充夫に腹を立てていたのだ。でも、こっちが口を出してどうなるものでもない。放っておこう。

気を取り直して、キーボードを叩き始める。

だが、きっとその内――畑山ゆき子が自分に会いに来る、という直感に似たものが、爽香の心から離れなかった。

里美は、さすがにくたびれていた。

今日は特別忙しく、「飛脚ちゃん!」の声に、午前中だけで五回も社を出入りした。昼休みもなしで駆け回り、午後の三時を過ぎてやっと一息つくことができたのである。

「大至急ね！」

と言われた広告のレイアウトをデザイン事務所へ届け、ホッとすると急にお腹が空いて来て目が回った。

一人でファミリーレストランに入ると、入口の所の公衆電話で会社へ報告を入れる。

「ちゃんと届けました。間に合うそうです」

「間に合ってくれなきゃ困るよ。ご苦労さん」

「あの――お昼、食べそこなったんで、食べて帰ってもいいですか？」

「もちろん構わないよ。ゆっくりしておいで」

「はい！」

――これで安心して食べられる。

一人で席について、すぐに出て来たセットメニューをせかせか食べていると、

「いいかい？」

と、誰かが目の前に座った。

「え？」

相席にしなきゃいけないほど混んでないのに……。

見たことのない、きちんと背広を着込んだ若い男だ。水を持って来たウエイトレスに、

「僕はいい。すぐ行くから」

何だろう、この人？

「荻原里美君だね」

と言われてびっくりした。

「そうですけど……」

「これ、君にプレゼントだ」

と、紙にくるんだ物をテーブルに置く。

「――何ですか、これ？」

「開けてみて」

中からは携帯電話が出て来た。

「プリペイド式だ。今、ちゃんと新しいカードが登録してあるから使える」

「これ……」

「持っていたまえ。そこへ、ある人から電話が入る。いつ、とは言えないがね」

里美は目をみはって、

「それって、もしかして――」

「何も訊くな。何も知らない方がいいんだ」

と、男は言って、「じゃ、渡したよ」

と立ち上る。

「あの――」

「何も訊くな」

と、男はくり返して、「それは、もちろん自分の用事で使っていいからね」

里美は、男がさっさと出て行ってしまうのを見送って、それから自分の手の中のケータイを眺めた。

ここへ、「あの人」が電話してくる。

そう思っただけで胸がときめいた。

でも――ふしぎだった。

今、里美はたまたまこのファミリーレストランに入ったのだ。それがどうしてあの男に分ったのだろう?

18　待ち受ける

「お願いします！」

「ひと言！」

出てくると、たちまち記者とＴＶカメラに囲まれる。

成田功は微笑んで、

「他の大臣にも訊いてくれよ」

と言った。

「総理は何と？」

「今回の不況対策について、食い足りないという声もありますが」

成田は肩をすくめて、

「いつも、あれこれ言う人はいるさ」

と言った。「もっとやれば、『やり過ぎだ』と言い出すだろうね、その人は」

何といっても、大学で長年学生たちを教えて来ている。ちゃんと「受ける」言い方を心得ていた。

自然、記者は記事にしやすい言葉づかいをする成田の周囲に集まる。

他の大臣たちが面白くない顔をするのも無理からぬところだった。

「――じゃ、こんなところで」

適当に切り上げると、成田は記者たちをかき分けるようにして歩き出した。

「先生、こちらです」

と、車のそばで秘書が呼んだ。

成田が座席に落ちつき、車が走り出すと、

「ホテルNでK銀行のパーティです」

と、秘書が言った。「スピーチは頼まれていませんが、その場でひと言と言われるかもしれません」

「早いとこ逃げ出そう」

と、成田は言った。「――渡してくれたか?」

「はい」

「ありがとう」

「先生、お気を付けて」

「分ってる」

成田は座席をスライドさせてゆっくりと寛ぐと、「――着いたら起してくれ」

と言って目を閉じた。

車が滑らかに走って行く。

ふと気付くと、上着の内ポケットでケータイが震えている。

誰だ？

公衆電話からだ。

「――もしもし」

と出ると、

「話したいことがある」

と、男の声。「今、周りに人が？」

「何のことだね？」

「荻原栄のことで」

成田の表情がわずかにこわばる。

「少し後にしてくれ」

「何時ごろなら？」

「七時ちょうどにかけてくれ」

と、成田は言った。

「分った」

と言って、向うは切った。

秘書が、

「何か問題でも？」

と訊く。

「いや、大丈夫だ。——今夜は、そのパーティ、一つだけか？」

「そうです」

「分った……」

成田は目を閉じた。

眠いというより、目を見られて、表情を読まれそうな気がしたのだ。——今夜は時間がある。

成田の内に、ひそかな嵐が騒ぎ始めていた……。


「——ええ。どうしても、気分が悪くて……。すみません」

「困ったわね。仲代さんもまだ出て来られないって言うし……。いいわ。今夜はそう混まないでしょうから。明日は何とか来てね」

「はい。ごめんなさい」

岡部百合はくり返し謝ると、通話を切った。

「――ママ、何だって？」

そばにいた伸代が訊く。

「明日は来いって。ま、明日はちゃんと出るつもり」

百合はそう言って、「どうだった？」

「今、切ったところ」

広山が、電話ボックスから出て来た。

「汗かいたぜ」

と、ハンカチを出して額を拭く。

「そんなクシャクシャのハンカチ。買いなさいよ、ハンカチくらい」

と、伸代が顔をしかめる。「それで？」

「ああ、しっかり反応があった」

と、広山が肯く。

「やっぱりね」

と、百合は肯いて、「何て言ってた？」

「車の中らしかった。そばに人がいて話せないみたいで、『七時ちょうどにかけてくれ』とさ」

「やったわね」

百合が笑みを浮かべた。「今、成田はこのホテルへ向ってるはずよ」

ホテルNの宴会場フロア。

「一番奥の宴会場のパーティに出席することになってる」

「よくそんなことが分るわね」

と、仲代が感心している。

「新聞によっては、大臣の今日の予定を載せてるのよ」

「へえ……」

「七時にかけろってことは、そのパーティの中から抜け出して電話に出るってことでしょう」

「じゃ、ここで待ってればやってくるのね」

「私たちの顔なんか憶えてないだろうけど、周りに秘書がべったりくっついてるはず」

「でもさ、百合」

と、仲代が言った。「成田さんと話せたとして、どう言うの？　カツラと付けひげつけて、うちの店に来てたでしょ、って言ってやるの？」

「そんなことじゃ、お金なんか出さないわ」

「でしょ？　でも——」

「言い方次第よ。広山さん、ちゃんと私の教えた通りに話してね」

「やってみるよ」

広山は自信なげだ。

「七時まで、三、四十分あるわ。何か食べておきましょ」

百合が促して、三人は宴会場フロアからロビーフロアへ上った。

ラウンジとレストランを兼ねた、オープンスペースのカフェで、三人は手早くできるカレーを頼んだ。


「——やれやれ」

と、河村は呟いた。

あの三人、一体何を考えてるんだ?

河村は肩をポンと叩かれてギョッとした。

「——何だ、いつ来たんだい?」

「今。——それで?」

と、爽香は言った。

「うん。あそこにいる」

河村がカフェを指さす。

「ああ。——三人でカレー食べてる」

「うん。仲代ってのは本当にぼんやりしてるからな。尾行するのは実に楽だった。で、ここへ来たら広山も現われたってわけだ」

爽香は、河村の説明をじっと聞いていたが、

「じゃ、広山があの二人に言われて電話をかけたのね？」

「二人っていうより、岡部百合の方だけだな、あれこれ指示してるのは」

「分るわ」

広山が公衆電話からかけるのに、わざわざこのホテルを選んだのには、何か理由があるはずだ。

「――時間を気にしてる」

と、爽香は言った。「でも、そう急いで食べてるってわけでもない」

「誰かを待ってるのかな」

と、河村は言った。

「そんなところね、たぶん」

「――でも、悪かったな、わざわざ出て来てもらって。大丈夫なのかい？」

「ええ。どうせ早く帰れるわけじゃないし」

爽香は河村へ電話して、一度ゆっくり話す機会を作ってもらおうとしたのである。

そしたら、河村がこのホテルであの三人が会っていると教えてくれ、爽香もじっとしていられなくて飛んで来たのだ。

河村はちょっと笑って、

「変らないなあ。——好奇心の塊みたいだった昔のころと、君は基本的に少しも変ってない」

「それって、ほめてるの、けなしてるの？」

と、爽香も笑った。

「お、誰か来たな」

と、河村が正面玄関の方へ目を向けて言った。「ＳＰが入って来た」

爽香は、秘書やＳＰに囲まれるようにして、あの成田功が入ってくるのを見て、びっくりした。

「あの人……。成田功だ」

「ああ、そうだな」

「何か会合があるのかしら」

「いや、どこかのパーティに顔を出すんだろうよ」

エスカレーターで下のフロアへ下りて行くのを見て、河村が言った。

「下は宴会場ね」

「そう。ああいう人間が、ちょっと顔を出すだけで、先方はハクが付いたって喜ぶ」

爽香は、広山たち三人が急に席を立つのを見て、妙な気がした。まるで、成田を見て席を立ったかのようだ……。

「動いたな。——あれ、また下へ戻ってくよ」

爽香は少し難しい顔になって、

「行きましょう、私たちも。――他の下り口は?」

「反対側に階段がある」

「じゃ、そこから」

爽香の好奇心は、確かに刺激されつつあった。


「――お疲れさま」

と、明男は言った。「今日はもういいですか?」

「ああ。帰れるときに帰っとけよ」

「分りました。じゃ、お先に」

「ご苦労さん」

明男は、営業所を出て伸びをした。

まだそう遅い時間ではない。――爽香は今日も遅いと言っていた。

「何か食べて帰るか」

と呟くと、

「明男さん」

不意に背後から呼ばれて、びっくりした。

「——何だ、舞ちゃんか」

三宅舞が立っていたのだ。

「もう帰るの？」

「うん。君は？」

「真直ぐ、お宅に帰る？」

「いや、どこかで夕飯食べて、と思ってたんだ」

「じゃあ、一緒に！　いいでしょ？」

舞の家はこの近くだ。

「この辺で？　でも知ってる人に会うとまずいよ」

「じゃ、近くで食べなきゃいい」

舞は、通りかかった空車を停めた。

「おい——」

「乗って！　ね、お願い！」

何かあったのだ。

そのときになって、明男は舞の様子がいつもと少し違うことに気付いた。

感情がたかぶっているというか、ともかく明男に一緒にいてほしいと願っている。

「分った」

明男はタクシーに乗り込んだ。

舞は運転手へ、

「六本木の交差点」

と告げた。

「六本木？」

「食べる所、いくらもあるわ」

と、舞は言ったが、何か他に目的があると明男には分った。

「良かった、会えて」

舞は、しっかりと明男の腕をつかんで、すがりつくように身を寄せて来たのだった……。

19　賭け

「大臣、もうお帰りですか」

パーティの主催者が青い顔をして飛んで来た。

「いや、そういうわけじゃない」

と、成田は微笑んで、「ちょっと電話をね」

「お電話でしたら、受付にございます。いくらでもお使い下さい」

「いや、家の者にかけるんでね。すぐ戻る」

「さようでございますか」

少し安堵《あんど》した様子ではあるが、完全には信用していないのだろう。

少し迷ってから、

「大臣。厚かましいお願いとは存じますが、せっかくおいでいただいて、こんな機会は二度と来ないと思いますし……」

「一言しゃべれってこと？」

「はあ。――申しわけございません。このままお帰ししては、私のクビが飛びます」

成田は笑って、

「承知したよ。十分もしたら戻る。心配いらない」

「お願いいたします！」

下のカーペットまでつくかと思うほどの深々としたお辞儀で見送られ、成田は宴会場フロアのロビーを歩き出した。

ボーイを呼び止め、

「電話ボックスはあるかね？」

と訊く。

「こちらの奥にございます」

「ありがとう」

成田は腕時計を見た。――あと一分で七時になる。

小走りに、電話ボックスが並ぶ一画へと急いだ。

ケータイが普及して、公衆電話は減ってしまった。しかし、どこで話していても、そばにいる誰かに聞かれる心配があるので、隠れて話したければ、電話ボックスに入るのが一番である。

きちんと一つ一つ仕切られたボックスだった。中へ入って扉を閉めると、同時にポケットのケータイが震えた。

成田はちょっと息をついて、

「――もしもし」

「一分遅れましたが」

「いや、ちょうど良かった」

と、成田は言った。「お話というのは？　手短かに頼む」

「荻原栄が亡くなったのはご存知でしょう？」

と、その男の声が言った。

「どなたかな、その人は？」

と、成田は言った。

少し間があって、

「なるほど」

と、男はちょっと笑った。「やはりね。そういうお答えが返ってくるかもしれないと思いましたよ」

「君は誰だ？　名前も言わない人間の話を聞くつもりはない」

成田は強い口調で言った。

「お聞きになりたくなければ、切って下さって構いませんよ、『先生』」

「じゃ、切ろうか」

「切れば、写真が方々へ出回ります」

と、男は言った。「あなたが長髪にひげをつけた写真がね。止めることはできませんよ。インターネットで流すこともできる」

成田は、「長髪」「ひげ」という言葉を聞いて、切るのをやめた。

「荻原栄は誰かに殺されました。どうしてでしょうかね。親切な、いい女でしたよ。可哀そうに」

「私と何の関係があるのかね」

「それは先生が一番よくご存知でしょう」

と、男は言った。「ともかく、人の命の値段は高いものにつきますよ」

「君は何が望みなんだ」

「それを申し上げる前に、まず先生が認めて下さらないとね。あれは自分だったと」

「君が録音しているかもしれないのに、言うと思うかね」

成田は、ロビーを秘書があわてて駆け回っているのに気付いた。姿が見えなくなったので、捜しているのだ。

すぐにこっちへも来るだろう。

「——もう話していられないんだ」

と、成田は言った。

「次はいつお電話すれば？」

「今は何とも言えない」

「おっしゃっていただかないと、とんでもないところで鳴り出すかもしれませんよ」

成田は初めて唇を歪《ゆが》めた。弱味を見せることをためらったが、

「明日、またかけてくれ」

「明日の何時に？」

「そう言われても——。夜の十時に」

「分りました。では、『先生』」

成田が電話ボックスを出ると、秘書が駆けて来た。

「先生！　どこにいらしたんですか！」

「電話してたんだ。それくらいのことで、いちいち騒ぐな」

成田は苛立っていた。

「ですが、ひと言おっしゃっていただかないと——」

「一晩行方が分らなかったら騒げ。もう引き上げるぞ」

「ですが、主催者がスピーチを、と……」

「急病だと言っとけ」

そう言い捨てると、成田はエスカレーターの方へ大股に歩き出した。

「先生！　車をお呼びしますから──」

「俺は出かける所があるんだ。ここからは一人で行く」

「しかし、先生──」

「命令だ！　お前はパーティの主催者をうまく言いくるめればいい」

成田は大股に歩み去った。

若い秘書は呆然《ぼうぜん》として突っ立っていたが、やがて首を振って、パーティの方へと戻って行く。

成田の入っていた電話ボックスの並び、わずか間二つ置いたボックスから、広山が恐る恐る出て来た。続いて、仲代と百合。

三人で、小さなボックスの中に入っていたのだ。一斉にホッと息をつくと、

「参ったね！」

と、広山が汗を拭った。「まさか──この電話ボックスへやって来るなんて！」

「苦しかった！」

と、仲代が顔をしかめて、「気付かれなかったかしら？」

「大丈夫よ」

と、百合が肯く。「向うだって、まさかこんなに近くでかけてるなんて思わないわ」

百合は落ちついている。

「あれで良かったのかな」

「充分よ。明日の十時ね。今度は近くでかけるの、やめましょ」

と、百合は言って、「ともかく、順調だわ。——さ、一杯やる？」

「いいね！」

と、広山が言った。

——三人がロビーからエスカレーターで上って行くと、爽香と河村はソファのかげからやっと立ち上った。

「——何のことなんだろう？」

と、河村は首をかしげた。「今の三人が、あの成田って大臣に電話してたのかな」

「今の話からするとそうらしい」

と、爽香は言った。「——ああ、腰が痛い！」

「しかし、どういうことなんだ？」

「ね、河村さん言ってたよね。あのバーに来てた『先生』を、車と秘書が待ってたって」

「今の、あの今井伸代が言ったんだ。——そうか。あの『先生』っていうのは……」

「成田大臣だったのよ、きっと」

爽香たちには、電話ボックスの中での広山と成田の会話は聞こえていない。

しかし、あの三人の用件が普通でないことは察しがつく。

「よし、あの三人を尾行してみよう」

と、河村は言った。「広山がどこに寝泊りしてるのか、つかんでおきたい。それとも取っ捕まえて絞《しぼ》ってやるか」

「家宅侵入の罪で？　でも今はまだ気付かれないように見張った方がいいわ。栄さんを殺した犯人を見付ける方が大切でしょ」

「それもそうだ。――君、もう仕事に戻るかい？」

爽香はちょっと迷ってから、

「そうするわ。何か分ったら教えてね」

と肯いた。

河村が足早に、あの三人の後を追って行く。爽香は、パーティ会場の近くへ行ってみた。

「あんなにお願いしたじゃありませんか！」

と、今にも泣き出しそうになっているのは、パーティの主催者らしい。「大臣も、引き受けて下さったのに……」

「ご気分が悪くなられたんです。ご勘弁下さい」

と、言いわけしているのは、さっきの秘書である。

「そうおっしゃられても……。私も立場というものがあるんです。大臣にスピーチをいただけるからというので、今夜出席してもらった方も少なくないんですよ。何と言えばいいんです？」

「申しわけないとは思いますが、私にも何とも……」

「じゃ、あなた、そのことを社長へ説明して下さい！　私は下手すりゃリストラされちまうんです」

必死に秘書の腕をつかんで離さない。

その光景は哀れで、おかしかったが、当人にとっては笑いごとではないのだろう。

「分りました。僕がお詫びを言えばいいんですね」

秘書も閉口した様子で、「じゃ、会場の人にマイクで事情をお話ししますよ」

「お願いします！」

二人がパーティの中へ入って行く。

爽香は、広山たち三人よりも成田のことが気になった。――〈G興産〉は成田の政治力にかなり期待している。

しかし、今の成り行きでは、成田がスキャンダルに巻き込まれる可能性を無視できない。

爽香は、成田を尾行するより、あの秘書の動きを見張っていようと思ったのである。

成田が何か秘密を抱えているとしても、あの秘書はその中身を知っているはずだ。――秘書が、成田に「逃げられて」、どうするか。

そこから何か分ってくるかもしれない。

成田は爽香のことを知っているが、秘書なら気付かないだろう。

会場に、あの秘書がお詫びのスピーチをしている声が響いた。

「楽じゃないわね、秘書っていうのも」

と、爽香は呟いた。


「お疲れさん。悪かったね」

そうひと言言ってもらうだけで、気分が全く違う。——それは里美がここで働き始めてから知ったことである。

「いいえ、遅くなって」

里美は急いで交通費の伝票を書いた。その日の内に書いておかないと、いくらかかったか忘れてしまうのである。

「里美ちゃん、保育園にお迎えでしょ」

と、女性社員の一人が声をかける。

「ええ。でも、大丈夫なんです。遅くまでみててくれるので」

男の社員が目を丸くして、

「え？〈飛脚ちゃん〉って子持ちなの？」

「馬鹿ね！　そんなわけないでしょ」

「弟です。まだ二歳なんで」

と、里美が言うと、残業していた社員たちが笑って、

「ああ、びっくりした」

「ショックだよな、子持ちだったら」

「何言ってるの。まだ十六よ、里美ちゃん」

「でも、気分は母親です」

と、里美は言った。「じゃ、お先に失礼します」

「ご苦労さん」

あちこちから声がかかる。

——里美はエレベーターで一階まで下りると、ビルを出ようとして、ふと足を止めた。

この音……。

バッグの中からだ。

あのケータイ！

里美は急いでロビーの隅へ行くと、バッグからケータイを取り出した。やっぱり、これが鳴っていたのだ。

「——これ押すんだよね。——はい、もしもし？」

使うのは初めてだ。少し緊張していた。

「もしもし？　もしもし」

忍び笑いが聞こえて、

「そんなに大きな声でしゃべらなくても大丈夫だよ」

と、あの人の声がした。

「あ……。すみません。使い慣れてなくて」

と、里美は言った。「ありがとうございます」

「いや、そんなものをあげて、却って迷惑かなと思ったんだが」

「いえ、この携帯電話のことじゃありません。お電話して下さったことに、お礼を言いたかったんです」

少しの間、向うは黙っていた。

里美は切れてしまったのかと心配になって、

「もしもし？　聞こえますか？」

と呼びかけた。

「ああ、もちろん」

と、相手は言った。「里美君」

「はい」

「君——これから少し時間は取れるかい」

「ええ……。大丈夫です」

と、里美はほとんど反射的に答えていた。「弟を保育園へ迎えに行きますけど。――時間は延長してもらえるので」

「そうか。悪いね」

「いえ、そんな……」

「僕の方も、なかなか忙しくて時間が取れないんだ。今日は珍しく暇になってね」

「はい」

「今、どこだね？」

「勤め先のビルです。あの――地下鉄のＳ駅がすぐ近くです」

「じゃあ、交差点のところで待っててくれるか。車で迎えに行く」

「はい」

「十五分もあれば行けると思うよ」

「待ってます」

里美は、通話が切れてもしばらく手の中のケータイを眺めて動かなかった。

夢じゃない。――あの人に会える。

里美は急いでビルを出ようとして、

「あ、保育園に連絡しなきゃ！」

と、そのケータイで、一郎を預けた保育園へとかけたのだった。

20　涙の意味

「いらっしゃいませ」

店のオーナーが、なじみの客に挨拶して回っている。

そして、ちゃんと舞のそばへもやって来ると、

「三宅様、いらっしゃいませ」

と、にこやかに会釈《えしゃく》した。

「どうも」

舞も慣れたもので、少しも気後れなどしていない。

「——いい店なんだろ？」

と、明男はレストランの中を見回した。

「うん。でも、うちはいつも来てる」

と、舞は言った。「だから却って妙にかんぐられなくてすむでしょ」

「まあ……そうかな」

舞の理屈も分るようではあるが、どう考えても、明男が食事をとるには高すぎる。

「お父さんにつけとくの。心配しないで。よくやるのよ」

「しかし……」

「私の話を聞いてもらうんだもの。そのお礼よ」

ともかく、舞にならってオーダーをすませた。

「──それで、話って？」

と、明男は訊いた。

「さあ……。何から話そうかな」

と、舞は頬杖をついて明男を眺めた。

「そんなに色々あるのかい？」

「うん……。でも、何だか話したくなくなっちゃった」

「どうして？」

「せっかく明男さんと食事しようっていうのに、いやなことなんか話したくない」

「せっかく、って言われるほどの男じゃないよ」

と、明男は笑った。

「そんなことない。──明男さん、分ってないのよ。自分がどんなに立派か」

「立派？」

「そう。お父さんなんか、外での顔と家での顔と、どんなに違うか。お母さんだって、見たくないものは何も見ないで、自分の楽しみに熱中して、いやなことを忘れてる」

「大人は誰でも複雑なのさ」

「誰でもじゃない。――明男さんは違うわ」

「それは買いかぶりってものだよ」

と、明男は言った。「君も、もう少ししたら大学を出て、大人の社会に出て行く。そしたら、ご両親にも頼らずに生きて行けるじゃないか。もう少しの辛抱だよ」

「そうね……」

舞は曖昧《あいまい》に肯いた。「でも――」

と言いかけたとき、レストランの入口辺りが騒がしくなった。

「会わせてくれ！」

という男の声がした。

「困ります！　お引き取り下さい」

レストランの人間が二人がかりで押し戻そうとするが、それを振り切って、くたびれ切ったコートを着た初老の男がレストランの奥の方へ入って来た。

客がみんな唖然として眺めている。

男は、血走った目で客の顔を見渡し、

「三宅！　どこにいるんだ！　いるのは分ってるぞ！」

と怒鳴ったのである。

明男は舞を見た。——舞はやや青ざめた固い表情でその男を見ている。

「三宅様はおみえでございません」

「嘘をつくな！　さっき『三宅様の席に水を持って行け』と言ってるのを聞いたぞ！」

男は言い返すと、「どこに隠れてるんだ！　三宅！　出て来い！」

「お引き取り下さい。騒がれると警察を呼びます」

レストランのマネージャーが厳しい口調で言った。

「呼んでみろ！　怖かないぞ！」

と、男はマネージャーの胸を突いた。

マネージャーがよろけて尻もちをつく。

「おやめなさい」

と、明男が立ち上って言った。

「関係ない奴は引っ込んでろ」

と、男が言い返す。

すると、舞が立ち上って、

「専務の川口《かわぐち》さんですね」

と言った。

男が当惑顔で舞を見る。

「三宅の娘です」

と、舞は言った。「レストランの人が言ったのは、私のことです」

「あんた……。そうか」

川口という男は、急にがっくりと肩を落とした。「そうだったのか……」

「今、一一〇番しました」

と、ボーイが駆けて来る。

「待って」

と、舞が言った。「お願い。間違いだったと言って、取り消して下さい」

「お嬢さん……」

「お願いです。もう川口さんは帰られますわ」

マネージャーは立ち上ると、

「聞いたろう。パトカーの来るのを待って、もうすみましたと言え」

と命じた。

ボーイが不服そうに戻って行く。

「川口さん。——お願い。このまま引き取って」

舞の言葉に、川口は息をつくと、

「分りました」

と、うなだれた。「お騒がせして……」

「でも、どうしたんですの？　そのなりは――」

「知らないんですか、私が突然クビになったのを」

「でも、専務なのに？」

「急に、赤字の責任を一人でかぶらされたんですよ」

と、川口は言った。「社長は、私に『大切な用事だ』と言って、中国へ出張させた。実はその間に臨時の株主総会を開いて、私が違法な取引きで大損したという話をでっち上げたんだ」

「父が？」

「創業からずっと一緒にやってきた同志を、あいつはアッサリ捨てたんだ！　心労で妻は心臓の発作を起して死んだ。三宅が殺したのも同じだ！」

川口の目から大粒の涙がこぼれた。

「――すみません」

と、舞は頭を下げた。「父に代ってお詫びします。私じゃ、お気がすまないでしょうけど」

川口は、手の甲で涙を拭うと、

「いや……お嬢さん、あんたのせいではない。ですが、そう言ってくれると、嬉しいですよ」

と、穏やかに言って、「会社へ行っても、会ってくれない。それどころか、今は中へ入れてもくれない。私が作った会社なのに、ガードマンに叩き出されてしまうんです」

川口は唇を歪めて笑うと、

「人の情なんて、あてにならん。――全くね」

と言って、「それじゃ……」

と、よろけるような足どりで出て行った。

マネージャーが、

「大変お騒がせいたしました！」

と、客を見回しながら、「どうぞお食事をお続け下さい！　なおデザートを皆様にサービスさせていただきます」

再び、和《なご》やかに食事が始まった。

「――聞いて、分ったでしょ」

と、舞がしばらくして言った。

「お父さんのこと？　しかし、君には責任ないよ」

「でも、その父の稼ぎで、私は楽々と暮してられるわ」

「それは仕方ない。君はまだ学生なんだから」

「知らなかった……。父が強引なリストラをして、ずいぶん辞めさせられた人がいたってことは知ってたけど……。川口さんまで！」

「よく知ってるの？」

「以前は家族ぐるみのお付合いで、私もよくあそこの子と遊んだわ」

「なるほど」

「冷たい人なの、うちの父は」

料理が来ても、舞は手をつけようとしなかった。

「食べてくれよ。僕が食べにくい」

明男の言葉に、舞はやっと笑って、自分の皿を手前へ引き寄せた。


十五分はかからなかった。

でも、里美にとっては長い十分だった。

保育園に電話すると、

「一郎ちゃん、少しお熱があって」

と言われたのだ。

「すみません。仕事なので」

と言いながら、申しわけないと一郎に心の中で手を合せた。

でも、できるだけ早く帰ってやろう。

あの人にも事情を話して。あの人は分ってくれる。

気が付くと、車が一台、里美の前に停っていた。

「乗りなさい」

と、あの声が言った。

里美は車の助手席のドアを開けて、

「失礼します」

と、乗り込んだ。

「シートベルトを」

「はい」

初めの会話は味気《あじけ》なかった。

車は表通りでなく、細い抜け道を辿《たど》って行った。

「――里美君、会って良かったかな？」

と、その人は車が赤信号で停ると、初めて里美の方を見た。

「はい」

里美は、少し照れながらその人を見た。

運転しているその人は、ハンドルに手をかけ、いかにも声にふさわしい外見だった。

「会って良かったです」

と、里美は言って、「実は弟が――」

車が再び走り出す。

里美は初めてその人が「知った顔」だと思い当った。

「あの……」

「どうかしたかね」

「あなたって……大臣の……」

と呟いて、「あの声！　どこかで聞いたことあると思ったんです。じゃ、本当に……」

「成田功だよ」

と微笑んで、「よろしく」

「――こちらこそ」

里美は啞然として、「あの――どうして、お母さんのことを？」

「あのお店の客になって、よくお会いしたよ」

と、成田は言った。

「そうですか！」

「お母さんは何か言ってなかった？」

「何も！　聞けば忘れるはずがないもの」

里美は頰を紅潮させていた。

「お母さんはいい人だったね」

「はい……」

一郎。――私を待ってる。

「あの、ごめんなさい」

と、里美は言った。「保育園へ連絡したら、弟が熱を出してるって。――帰ってやらなくちゃいけないんです。せっかくお会いできたのに」

成田は黙って車を走らせていた。

「あの、弟が……」

里美は、窓の外へ目をやって、「――どこへ行くんですか?」

と訊いた。

21 抵抗

いつまでも、成田の秘書を尾《つ》けていられるわけではない。

それに、秘書はホテルNから出ようとはしなかったのである。

成田が出席して、スピーチせずに帰ってしまったパーティも、すでにお開きになっている。——成田は先に出てしまったし、その秘書がなぜいつまでもホテルのロビーにいるのか……。

「——うん、もう少ししたら戻るから。何か伝言は？」

と、〈Pハウス〉へ電話を入れ、「——分った。じゃ、悪いけど……」

いつまでもこうしていられるわけではない。

爽香がそれでもその場から動こうとしなかったのは、秘書の様子が、どうしても気になってならなかったからである。

——何かを待っている。

それも、単なる連絡やメッセージではない、とても大切な連絡を待っている。

それだけではなかった。

爽香の目に、秘書の「不安」がはっきりと見てとれた。それも少々のことではない。ロビーのソファに腰をおろした秘書は、ケータイが鳴る度に、弾《はじ》かれるようにして急いで出た。しかし、「待っている電話」はかかって来ない様子だ。

爽香は、自分のケータイが鳴り出したので、あわててマナーモードにした。河村からだ。

「——爽香君、今どこだ？」

「河村さん。どうしたの？」

「いや、広山の後を尾けて、奴の泊ってる安宿を見付けたんだが、実は里美君がね……」

「里美ちゃん？」

「弟を保育園に預けてるだろ。僕が保証人になってるんだ。今しがた、そこから電話がかかって来てね」

「里美ちゃんが——」

「弟を迎えに来てないっていうんだ。何だか少し熱があるとかで、里美君から『少し遅くなる』って連絡があったときに、伝えてあるというんだが」

「一郎ちゃんが熱……。それを知ってて？」

「うん。——どう思う？」

爽香は、里美がどこかへ「寄り道」していることと、成田の秘書が不安げに連絡を待っていることを、結びつけて考えた。

それは直感でしかなかったが、十五歳のころから、爽香を裏切ったことのない直感だった。

「河村さん。もしかすると里美ちゃん……」

と言いかけたとき、成田の秘書が「待っていた電話」に出るのを見た。

「――それで？――今どこだ？」

と、秘書が訊き返している。

その声は緊張に張りつめて、ただごとではなかった。

「それで、どうなった？――女の子は大丈夫か。――そうか。分った」

秘書の、少し低くなった声音《こわね》を、爽香はどう解釈していいのか分らなかった。安堵《あんど》とも、落胆とも取れる口調である。

「――もしもし、どうしたんだ？」

河村の方は、爽香が黙ってしまったので戸惑っている。

「河村さん、今どこにいる？」

と、爽香は訊いた。

「今、家へ帰る途中だ」

「私――確信はないけど、里美ちゃんの身に何か起ってるような気がするの」

「何だって？」

「私の勘違いならいいんだけど」

「君、今どこなんだ」

「ホテルN」

「まだ?」

「成田大臣の秘書がね、ずっと残っていたの。今、何か急な連絡が入ったところ」

「それが、里美君と関係あるというの?」

「里美ちゃんは、あの大臣と会ってるんじゃないかと思う」

「成田と?」

「あの〈先生〉が成田大臣だとしたら、里美ちゃんが母親との関係について知りたいと思っても当然でしょ」

「そうか。――もしかすると、父親のように感じたかもしれない」

「私もそう思うの。でも、秘書がとても不安そうにしているのが心配なの」

「分った。すぐそっちへ行く」

と、河村は言った。「もし移動するようなら、連絡してくれ。ホテルNまで――十五分あれば行く」

河村の声にも緊張が走る。

爽香は通話を切ると、成田の秘書が立ち上るのを見た。――どこへ行くのだろう?

宴会場フロアからロビーへと上って行く。急いでいる様子はない。エスカレーターに乗りながら、ケータイでどこかへかけていた。

ロビーへ上ると、秘書はホテルのフロントへと足を向けた。

フロントの係と話して、どうやら部屋を一つ借りたようだ。ルームキーを受け取ると、ロビーのソファに浅く腰をかけた。

誰かが来るのを待っているのだろう、ホテルの正面玄関の自動扉が開く度に目をそっちへ向けている。

爽香は秘書の視野から少し外れる位置に立って様子を見ていた。

十分。——十五分。

ピタリ、正確に河村が入って来た。

爽香の姿を見付けると、すぐにやって来る。

「——河村さん、保育園の方は?」

「まだ何も言って来ない」

河村も厳しい表情になっている。「迎えに来たら、僕のケータイへ連絡してもらうことになってるんだが」

「心配だわ。里美ちゃんが弟を迎えに行かないなんて……」

「秘書は?」

「あそこに座ってる」

爽香は状況を説明した。

「——秘書を引張って来てしゃべらせるか」

爽香もそう考えた。しかし、何の証拠もなく問い詰めても、向うは認めないだろう。

「誰かを待ってるの。その相手が来れば」

「成田かな？」

「まさか。こんなロビーへやって来たら目立つわ」

「そうか」

河村がやって来て十分ほどたったとき、秘書がパッと立ち上った。

爽香は正面玄関の方へ目をやった。——入って来たのは、若い女の子だった。

見たところが若いのかもしれないが、せいぜい十七、八にしか見えない。ミニスカートから伸びた足は白いが、不自然に細いとか、長いわけではなかった。

むしろ、少女らしく少し太めの、肉付きのいい足である。

小さなバッグを振り回すようにして、ロビーを横切る。

成田の秘書は少女を待たずにエレベーターへと向った。しかし、待っていたのがその少女なのは確かだ。少女も秘書に引かれるようにエレベーターの方へ足を向ける。

「——河村さん。エレベーターに乗って」

「僕が？」

「一緒によ」

爽香は、いきなり河村の腕に自分の腕を絡ませると、エレベーターへと急いだ。

ちょうどエレベーターの扉が開いて、秘書とその少女が乗り込むところだった。

爽香は、まるで人目を忍ぶ仲のように、河村の体にぴったり寄り添って同じエレベーターへ駆け込んだ。

〈12〉のボタンが押してある。河村がその上の〈15〉を押した。

エレベーターが上り始める。

爽香は河村の胸に顔を埋めるようにして、秘書の方に背を向けていた。

「――大変だったのよ、急に出て来るの」

と、少女が小声で文句を言っている。

「分ってる」

と、成田の秘書が答える。

「この間みたいなこと、ない？」

「大丈夫だ。何かあれば、すぐ僕を呼べ」

十二階でエレベーターは停り、二人が降りて行った。

爽香は扉が閉じかけると、素早く〈開〉のボタンを押した。秘書と少女は廊下を急ぎ足で行ってしまっている。

何も言う必要はない。爽香と河村はエレベーターを降りた。

廊下を足早に急ぐ、成田の秘書と少女。その二人に気付かれないように、爽香たちは後をついて行った。

秘書が足を止め、ドアをノックする。

爽香と河村はピタリと壁に背中をつけて息を殺した。

廊下はゆるくカーブしているので、こうしていれば秘書の目には入らない。

ドアの開く音がした。――低い声でのやりとり。

「――入って」

と、秘書が少女を促しているのだろう。「二時間したら、迎えに来ます」

ドアが閉る音。爽香と河村は顔を見合せた。

秘書はエレベーターの方へ戻ってくるだろう。当然、爽香たちと出くわす。

しかし、身を隠すような場所もない。

「仕方ない。身分を明かして下へ引張って行こう」

と、河村が小声で言った。

しかし――秘書は戻って来ない。

爽香はそっと顔を出して覗いてみた。

そのドアの前から、秘書は動かなかった。そして、ドアに耳を寄せ、中の様子をうかがっているらしい。

「中に？」

「たぶん」

と、爽香が肯く。

お互い、考えていることは分った。あそこで少女を待っていたのは、成田ではないか。

おそらくロビーを通らず、地下の駐車場から直接この十二階まで上って来たのだ。

しかし、一体これはどういうことだろう？

「──爽香君」

「あの秘書に訊くしかないですね」

と、爽香が言ったとき、河村のポケットでケータイが鳴った。

河村は舌打ちしたが、出ないわけにいかない。

「──もしもし」

と、河村は右手で口もとを包むようにして言った。

爽香は、あの秘書がケータイの着信音を聞いてギクリとしたのを見たが、自分のケータイが鳴ったと思ったらしく、あわててポケットを探っている。

あれは、どこで鳴っているか分らないものなのである。

「――分りました。どうも」

河村は通話を切ると、目を閉じて息をついた。

「保育園？」

「今、里美君が一郎君を引き取って行ったそうだ」

「良かった！」

爽香は胸をなで下ろした。――里美の身に何かあったのでは、と思っていたのだ。

「特に変った様子もなかったと言っていたよ」

「安心したわ。――じゃ、どうする？」

迷う必要はなかった。

成田の秘書が戻って来て、二人を見るとギクリとして足を止めた。

「ちょっとお話を伺いたい」

河村が警察手帳を見せると、秘書の顔がこわばったが、

「――もちろん」

と肯いた。「廊下じゃなんですから、下で」

「そう願いましょう」

エレベーターのボタンを押し、待っている間に、爽香は秘書がさりげなくポケットへ手を入れるのを見た。

エレベーターが来ると、

「先に行って」

と、爽香は一人、そのフロアに残った。

秘書が不安げに爽香を見ている。扉が閉り、一人になると、爽香はさっきのドアの所まで急いで戻って行った。

「――何よ！」

と、少女が大声を出すのが聞こえてくる。「勝手ばっかり！　無理に呼んどいて、今度は早く出てけって言うの？」

物が倒れる音。男が何か怒鳴っているが、言葉は聞き取れない。

「分ったわよ！　出てきゃいいんでしょ！」

と、少女が金切り声を上げた。「もう二度と来ないから！」

声がドアへ近付いてくる。

爽香はドアの前から離れた。

ドアが開いて、さっきの少女が出て来た。背後で音をたてて閉じたドアに向って、思い切り舌を出している。

少女が怒るのも無理はない。スカートははいているものの、ブラウスの前は開いたまま。上着も何も腕にかけている。しかも裸足で、靴下も靴も手に持ったままなのだ。

ちゃんと服を着る間もなく、部屋から追い出されたら、腹を立てて当然だろう。

「ふざけんじゃないよ！」

と、文句を言いつつ、少女は靴下をはき、ふてくされた様子で何とか服を着ると、「――あ、バッグ」

ドンドンとドアを叩いて、

「ねえ！　――バッグ返してよ！　帰れないじゃないの、お金なくちゃ！」

声が廊下に響く。

少ししてドアが開く。

「――悪かった」

「本当よ。――バッグ」

「うん。中に、こづかいを入れてある」

「じゃあね」

少女が冷たく言って、歩き出した。

ドアが閉った。

爽香は、ドアの側の壁に身を寄せていたので、気付かれずにすんだのだが、あの声は間違いなく成田だった。

秘書がエレベーターを待っているとき、ポケットへ手を入れるのを見て、ケータイを発信していると察した爽香は、一人残ったのである。

おそらく、秘書のケータイからかかって来たら、「問題が起きた」という合図なのだ。成田はすぐさま少女を部屋から追い出した。

——あの成田が。

既成の政治家にない清潔さ、誠実な印象を売りものにしてる成田功が……。

里美と、何があったのか。

放っておくことはできない。

爽香は小走りにエレベーターの方へ向った。

さっきの少女が、まだエレベーターを待っている。

ちょうど、同じエレベーターに乗ることができた。

爽香は、そっと腕時計を見た。

22　罪と罰

さすがに、昼近くまでベッドから起き出す元気が出なかった。

朝の内に〈Pハウス〉へ、

「具合が悪いので、一日休みます」

と連絡を入れるのも、枕もとのケータイ。

こんなときには役に立つ。

やっと起きて顔を洗い、何か食べようと台所へ来てみると、ラップをかけたハムエッグが冷たくなっている。

明男が作って行ってくれたのだ。

「ありがたくいただきます」

と呟いて、電子レンジへ。

里美のことも気になったが、今はともかくコーヒーの一杯でも飲んでからでなくては何もする気になれない。

——三十分ほどして、やっと立ち上った爽香は、〈G興産〉へ電話を入れてみた。

「——ああ、杉原さん。〈飛脚ちゃん〉ね、今日は休んでるよ」

「連絡はあったんですか？」

「うん。何だか具合が悪いって。少し頑張り過ぎたのかもしれないね」

「どうもありがとう」

爽香は少し安堵して電話を切った。

仕事を休んでいるというのは気になったが、ちゃんと連絡して来ているというのだから。

後で電話を入れてみよう、と思っていると、チャイムが鳴った。

「クリーニングです」

月に二度、定期的に回って来てくれるクリーニング屋さんだ。

「あ、待ってね！」

ちょっと出られる格好ではない。

あわてて寝室へ駆け込んで身仕度をした。

——今日がクリーニング屋さんの来る日だとは、すっかり忘れていた。休みを取って正解だったかも。

「——ごめんなさい！」

玄関のドアを開ける。「ちょっと待っててね」

明男が昨日着ていた上着を取ってくると、クリーニングに出すものに加える。

「もう結構寒いですね」

愛想のいいクリーニング屋さんで、ノートに仕上ったものと預かるものをつけながら、世間話をして行く。

「——あ、何かポケットに」

と、明男の上着のポケットを探って言う。

「ごめんなさい。見てなかったわ」

「いいえ」

出て来たのは、プラスチックの小さな札。どこかで荷物でも預けたのだろうか？

〈15〉というナンバーが打ってあり、裏返すと、何やら横文字の——。

「どこかのレストランみたいですね」

と、クリーニング屋さんが言った。「〈リストランテ〉って書いてありますよ」

「そうね。訊いてみるわ」

「毎度どうも」

爽香の所など、大した「お得意」でもないだろうが、至っててていねいに頭を下げて行く。

爽香は、その荷物の預かり札を明るい日射しに当ててみた。

「〈リストランテ・H——〉」

こんな洒落た店で食事して来たのかしら？

誰かと一緒だったのか。

ゆうべは爽香が遅く帰ったので、明男には「おやすみ」くらいしか言っていない。

今日、帰ったら言ってみよう、と札をダイニングのテーブルに置いた。

電話が鳴って、爽香はすぐに出た。

「はい、杉原です」

「あの……」

おどおどした声。

「里美ちゃん？」

「爽香さんですか。ごめんなさい。会社へお電話したらお休みだって――」

「いいのよ、別に。ゆうべ遅かったから、ちょっとくたびれてね。一日休むことにしたの。――どうかしたの？」

里美が泣いているのを知って、爽香はびっくりした。

「もしもし？　――里美ちゃん、どうしたの？」

「一郎が……凄い熱で……ぐったりして、動かないんです」

「まあ」

「ゆうべ、熱があるって保育園の先生に言われたのに、私、なかなか迎えに行けなくて……」

「そんなこと、仕方ないわよ。人間、色々事情があるんだもの。今、どこにいるの？」

「近くの病院までおんぶして来たんですけど、混んでて……。待ってる間に、どうかなっちゃうんじゃないかと思って……」

里美がこれほど取り乱しているのは、やはり「自分のせいだ」という思いがあるからだろう。

「落ちついて！　よく聞いて。小さい子は、よく高い熱を出すの。すぐぐったりするけど、そんなにあわてなくても大丈夫。今、私の友だちに連絡取って、彼女のいる大学病院で診てもらうようにするから。分った？」

「はい！　お願いします」

「アパートに戻ってて。車で迎えに行ってあげる」

「すみません」

里美も少し冷静になったようだ。

爽香は、急いで浜田今日子へ連絡を入れ、小児科で診察してもらうよう頼んだ。

「ともかく連れて来て。容態をみないと何とも言えない」

「タクシー呼んで、拾って行くから四十分くらいかかな」

「分った。近くに来たら電話して」

医師の友人がいるというのは心強い。

「よろしくね」

「爽香は、人の世話やいてるときが一番元気ね」

今日子に言われて、反論もできず、爽香は確かにすっかり疲れの吹っ飛んでいる自分に気付くのだった。

電話を切ると、とたんにケータイが鳴り出す。河村からだ。

「――やあ、昨日は大変だったね」

「河村さん、あのね、すぐ出かけなくちゃいけないの」

「どうしたんだ?」

爽香が、里美からの電話のことを話すと、「――よし! 今車の中なんだ。僕がすぐ迎えに行く」

「え?」

「サイレン鳴らして行けば十五分で病院だ。浜田君の所だろ」

「そう」

「今からすぐ里美君のアパートへ急行する! 君、直接病院へ」

「分ったわ。よろしく――」

言い終らない内に、河村は切ってしまった。「――人の世話やいてるときが元気なのは、私だけじゃないわ」

と、爽香は呟いた。

爽香が病院へ着いたとき、もう里美は廊下で今日子の説明を聞いていた。

「やあ、今日子」

「あ、爽香。――びっくりしたわよ。河村さんがサイレン鳴らして来るんだもの」

「張り切ってるのよ。それで、どう？」

「風邪こじらせて、肺炎を起してる。でも大丈夫。心臓はしっかりしたもんだし、心配ない」

「良かった！」

「二、三日入院して、様子を見た方がいいわよ、って話してたとこ」

「よろしくお願いします」

里美が頭を下げた。「あの――河村さんが待ってるんで、報告して来ます」

「ええ、行ってらっしゃい」

爽香は、小走りに廊下を急ぐ里美の後ろ姿を見送った。

「――あの子が母親かと思って、びっくりしたわ」

と、今日子が言った。

もう白衣がすっかり身について、ベテラン女医の貫禄である。

「事情は――」

「河村さんから聞いたわ。偉い子ね」

今日子の「偉い」という言葉に、爽香はふと思った。

十六歳の女の子に、いつも「偉い」人間でいろと言うのは可哀そうだろう。

十六歳らしい好奇心も遊びへの夢も、そして恋の目ざめもあろう。それを抑えようとすれば、
里美自身がだめになってしまう。

「お世話になるわね」

と、爽香は今日子の肩を叩いた。「今度、お昼でもおごるわ」

「無理しないで。私、爽香が過労で入院なんてときの世話はしたくないよ」

「自分で気を付けてるわ。——今度、人間ドック受けようかな」

「それがいいよ。爽香、昔心臓に問題あったんだから」

「その内、連絡する」

「だめ！『その内』なんて言ってたら、いつまでもやらない」

「だって、今予定が立たないもの」

「立てるの！　手帳は？」

「持ってるけど……」

「貸しな。——来月なんか、一杯空いてるじゃない」

「あ、勝手に書かないで！」

「はい、入れといたからね。九時に〈ドック受付〉へ来るのよ」

今日子の強引さがありがたい。

「何とかするわ」

と、苦笑して手帳をしまうと、河村がやって来た。

「里美ちゃんは？」

「今、一旦入院に必要な物を取ってくると言ってね。売店で買える物を買いに行ったよ」

「そう。——あの子、今朝はひどく動揺してたわ」

「何かあったの？」

と、今日子は訊いたが、「今はどうせゆっくりしてられない。今度じっくり聞かせてね」

と言うと、ちょっと爽香へ微笑んで見せ、忙しげに行ってしまった。

「——爽香君」

「里美ちゃんは何て言ってる？」

「まだ聞いてない。何しろ、一郎君のことを心配してる様子が、あんまり切実でね。何も訊けない」

「分るわ。——私、今日休み取ってるから、ずっと一緒にいる。機会を見て、話してみるわ」

「頼むよ」

河村はホッとした様子で、「ただ、ここへ来る車の中でね……」

「何か？」

「一人で呟いてた。『天罰だ。天罰だ』ってね……」

「天罰？」

「自分を責めてる口調だったよ」

——天罰。

里美にそう思わせることが、何か起ったのだ。

爽香は、それを知らねばならなかった。同時に、知るのが怖くもあったのである。

23 罠

「河村さん、これからのこと……」

と、爽香は言った。

「うん。——簡単じゃない。相手が相手だ」

河村はそう言って、「しかし、法は公平だよ。相手が誰だろうと」

「里美ちゃんがどういう気持でいるか、よく確かめるわ」

爽香は、一郎の入院することになった病院の正面玄関まで、河村を送りに出て来た。

「河村さん、ありがとう」

と、外へ出たところで言った。

「礼を言うのは僕の方さ。君に顧問料でも払わなくちゃ」

と笑って、河村は車を置いてある駐車場へと足早に姿を消した。

爽香は病院の中へ戻った。一階の外来受付は、順番を待つ人で溢れている。

〈売店〉と書かれた下向きの矢印が目にとまった。売店が地下一階にあり、そこへ下りて行く階段が見える。

里美はまだ買物しているのだろうか。何か分らないことがあったら……。

爽香は階段を下りて行った。

雑貨、本から新聞、弁当まで何でも売っている売店。客は、一見して入院患者と分る格好の人が大半で、混雑している。

入院していると、こうして何か買いに来たりすることが気晴らしになるのだ。

里美の姿は見えない。一郎の所へ戻ったのだろうか。

その場を離れかけたとき、売店の並びにある自動販売機のコーナーで、こっちに背を向けて立っている里美が目に入った。

ケータイで話している。あんなもの、持っていただろうか？

爽香はそっと里美の背後に近寄ってみた。

「――ええ。――分ってます。――はい」

向うの話をじっと聞いている。しかし、その後ろ姿には何か思い詰めたものが感じられた。気のせいだろうか。

「――九時ですか。ええ、たぶん大丈夫です。――え？　――分りました。ただ、弟が入院してるので。――じゃ、病院の前で……」

話し方からして、相手は成田ではあるまい。

爽香は、里美から離れて、売店の混雑の中に紛《まぎ》れ込んだ。

すぐに里美がやって来る。

「――あ、いたのね。捜してたのよ」

と、爽香が声をかけると、里美はハッとした様子を見せたが、

「何買えばいいのか、よく分らなくて」

と、曖昧な笑みを浮かべた。

「そうね。一度聞いたくらいじゃ分らないでしょ。看護婦さんに、もっと詳しく聞いて、メモしておくといいわ」

「ええ、そうします」

里美は少しホッとした表情を見せた。

「里美ちゃん――」

と、爽香が言いかけると、

「仕事、二、三日休んでもいいでしょうか」

と、里美が遮《さえぎ》って言った。

「ええ、大丈夫よ。私、連絡しておいてあげましょうか」

「いいえ、自分でします。働いてお金いただいてる以上、子供じゃないんですから」

里美の、どこかせかされているような口調は、いつもと違っていた。動揺を気付かれまいと

するとき、人はついしゃべり過ぎてしまう。

今の里美もおそらくそうだろう。

爽香は、今の里美に何か訊いても、心を開いて話してはくれないだろうと思った。

それより、さっきの電話の答えだ。――九時に病院の前。

「じゃあ、里美ちゃん。私、仕事があるから」

「ありがとうございました」

「見送らないで。早く病室へ戻ってあげて。ね？」

「はい、それじゃ……」

「大丈夫。一郎ちゃん、すぐ元気になるわよ」

「ええ」

里美はやっと明るい笑顔を見せた。

時間を取るディナーよりも、忙しいビジネスマンたちはランチで用件をすませる。

夕食では、どうしてもワインや日本酒ということになって長びくが、ランチなら、せいぜいワインをグラス一杯ですむ。

「――田端様」

ウエイターが小声で、「これを」

と、田端にメモを渡す。

田端はメモに目を落として、いぶかしげな表情になった。

「申しわけありません。ちょっと失礼させていただきます」

と、席を立つ。

ホテルの中のフレンチレストランである。

入口に待ち合せのスペースがあり、そこに爽香が一人で立っていた。

「やあ、今日は休みじゃなかったのか」

と、田端は言った。

「〈Pハウス〉の方は休ませていただいてます。お話中にすみません」

「いや、大体肝心なことは話がついたんだ。それより、何ごとだい?」

「突然で申しわけないんですけど……」

爽香はレストランの人間にも聞かれないよう、小声になって、「今度のプロジェクトのためのパンフレット、もう校了になりましたか」

「いや、まだだよ。君に目を通さずに校了にはしない」

「できたら、一旦ストップして下さい」

「印刷そのものを?」

「成田先生のこと、出て来ますね」

「パンフレットに？　もちろん。どうしてだ？」

「どういう扱いですか」

「公式な推薦をもらうことはできないが、『期待する』というコメントと、パーティでの写真だ」

爽香は厳しい表情で、

「成田先生に関する記事や写真を、他と差し換えられるように準備しておいて下さい」

と言った。

「何だって？」

田端も、さすがに驚きを隠せなかった。「どういうことだ」

「今はまだ……。今夜には明らかになると思います。分った時点でご連絡します」

爽香が、いい加減なことを言う人間でないことは、田端もよく知っている。

「分った」

と肯くと、「すぐ社へ連絡して、作業をストップするように言う」

「よろしくお願いします」

「——よほどのことだね」

「はい」

田端は不安げな表情になって、

「あんまり危いことに係らないでくれよ。君は貴重な人材なんだ」

と言った。

「危い目に遭うのは生れつきらしくて」

と、爽香は苦笑した。


夜、九時。

——里美は一郎の入院している病院の正面に立っていた。

もちろん、もう一階外来は閉っているので玄関前も薄暗い。

車寄せに、ワゴン車が入って来た。

あれだろうか？　でも、あんな車で？

里美の目の前で停る。

「乗って」

運転席から声がかかった。「助手席に乗ってくれ」

里美は助手席側のドアを開けた。

「あ……」

「待ったかい？」

里美にあのケータイを届けてくれた人だ。

「いえ」

助手席に座ってシートベルトをする。

「僕は成田先生の秘書だ」

と、その若い男の人は言って、車をスタートさせた。「君も察してるだろうけどね」

ワゴン車は夜の道へ入ると、静かな住宅地を抜けて行く。

「——どこへ行くんですか」

と、里美はしばらくして口を開いた。

「その内分る」

「成田先生がいらっしゃるんですか?」

「今夜は残念ながらおいでになれない」

と、秘書は首を振って言った。

「そうですか……。良かった」

と、里美は言った。

「良かった、って……。君、成田先生のことが嫌いなのか」

「そういうわけじゃありません。でも、あの、あのときのようなことは——いやなんです」

秘書がチラッと里美を見て、

「君、そのことを誰かにしゃべらなかったろうね」

「誰にも!」

里美は強く言って首を振った。

「それならいい」

暑いわけでもないのに、秘書の額には汗が浮んでいた。

「――ちょっと待っててくれ」

ワゴン車が道の端へ寄せて停った。

秘書は車を降りると自動販売機のコーナーへと駆けて行き、紙コップを二つ手にして戻って来た。

「――喉が渇いてね。君、ジュースでいいかい？」

「私、あんまり……」

と言いかけた里美だったが、渡されれば受け取らないわけにもいかない。

秘書は自分の分を一気に飲み干し、再び車を走らせた。

「あの……」

「何だい？」

「後ろ、何か積んでるんですか？」

秘書が車を離れている間に、振り向いた里美は、後ろの座席がフラットに倒され、毛布がかけてあることに気付いたのだった。

秘書はちょっと首を振って、

「気にしなくていい」

「でも……」

ワゴン車は暗い道を走っていた。

「――成田先生はすばらしい人だ」

と、秘書は言った。「ああいう人がいなくては、日本の政治は良くならない。君も、今の政治家にはうんざりしてるだろ?」

「ええ、まあ……」

「私利私欲にかられ、国の将来なんかこれっぽっちも考えてない連中ばかりだ!」

と、憤然として、「頭にあるのは次の選挙のことだけ。地元のために、いりもしない道路を作り、国の税金を注ぎ込む。税金は君のような若い子からお年寄まで、あらゆる国民が苦しい暮しの中から払ったものだ。それを奴らは自分のポケットマネーのつもりでバラまく」

里美は欠伸をした。

「疲れたかい? 寝てもいいよ」

「いえ……」

「成田先生は救世主だ。あの人が日本の腐り切った政治を正しい姿に立ち直らせてくれる! 僕はそういう先生に惚れて秘書になった。先生のためなら、一生を捧げて惜しくない。たいていの議員秘書は、いつか自分が『先生』になることを夢見ている。僕は違う。成田先生のために、自分のすべてを犠牲にしてもいい……」

「先生は……」

「しかしね、そういう立場にいる先生が、どんなに大きなストレスにさらされているか、君には想像もつかないだろう」

と、秘書は続けた。「ことに先生は選挙で選ばれた議員じゃない。大臣として登用されたことで、妬《ねた》んでいる連中がいくらもいる。周りは敵だらけと言ってもいい。『選挙で苦労していない奴がどうして大臣なんかやってるんだ』と、あからさまに文句を言う者もいる。今の首相の下では、成田先生は改革の顔だから、まず大丈夫。しかし、首相が変れば――あるいは、首相の指導力が低下すれば、成田先生を辞めさせろ、という要求が強まるのは間違いない」

ワゴン車は、無人の遮断機のない踏切の手前で停った。

辺りは雑木林で、他に車もない。

「――成田先生も人間だ。しかも奥さんとはうまくいっていなくて、ずっと別居生活が続いている」

――里美は頭を横へかしげて眠っていた。「分ってあげてくれ。先生にも、他の人と同じように、すべてを忘れ、ストレスを忘れる時間が必要なんだ」

秘書はワゴン車を進めて踏切に乗り入れた。そして、線路の真上で停めると、エンジンを切った……。

「先生にとって、それは唯一の楽しみ、疲れをいやす時間だった」

警報が鳴り出した。

「——普通の女でいいのなら、どんなに良かったろう。でも、仕方ない。先生は若い女の子でなくては——それも十代の、十五、六の子でなくては満足できなかった」

秘書は里美の寝顔を見て、「先生は君にずっと前から目をつけていた。君は知らないだろうが。——君に近付くために、変装までして、お母さんのバーへ通った。ところがそこで、お母さんに本当の姿を見られてしまった……。先生はお母さんに頼んで、若い女の子を紹介してもらうことにした。すぐに君へは手を出せなかったんだ」

遠く、列車の音が響いて来る。

「しかし、君のお母さんは、逃げていた亭主の広山が戻って来ると、先生から大金をせびろうとした。——本気じゃなかったかもしれないが、先生のことを世間へばらすと言った。そんな下らないことで先生を失ったら、今の政治は二度と救えない」

秘書は汗で顔を光らせながら、「僕は後悔していないよ。君のお母さんを殺し、今こうして、君と——後ろで眠っている連中を死なせてもね」

列車が近付いて来る。

「列車がぶつかって大破すれば、何が何だか分らなくなるだろう。——苦痛も一瞬だと思うよ。許してくれ」

秘書はワゴン車を降りると、踏切を先へと渡った。

そして、小走りに離れる。

線路がゴトンゴトンと鳴る。——警笛が夜を切り裂く。

秘書は踏切に背を向けて、目をつぶった。

次の瞬間には、列車がワゴン車を押し潰している——はずだった。

しかし、衝撃はなかった。列車は背後を通り過ぎて行く。

「——そんな！」

振り向いた秘書は、ワゴン車が目の前にいるのを見て息をのんだ。

運転席から降りて来たのは爽香だった。

「君は……」

「ずっとこの車を尾けていました」

と、爽香は言った。「あなたが飲物を買いに行ってる間に、後ろの毛布の下へ潜り込んだんです。お話は聞きましたよ」

「なら分ってくれ！　成田先生をこんなことで失脚させたら、日本はまた闇の中だ」

「お気持は分ります。でも、やはり間違っていますよ」

「すべては僕が一人でやったことだ！　先生は何も知らない」

「あの毛布の下で、広山さん、それに二人のホステスが眠ってる。確かに、あなたにとっては、

『取るに足りない人間』たちでしょう。でも、『自分は特別だ』と思った瞬間、人は自分を見失うんですよ」

列車が行ってしまうと、踏切を渡ってもう一台車がやって来た。

「——河村さん」

「爽香君、ハラハラしたよ」

河村が車を降りてやって来る。

ワゴン車の助手席から、里美も降りて来た。

「里美ちゃんは、ジュースを飲むふりをして、下へこぼしていたんです」

「——私、あの先生が好きだった」

と、里美は言った。「だから信じてたのに……」

「だけど、先生は君が拒んだと——」

「やめて下さいって頼みました。でも——私が必死になって逆らうまで、やめてくれなかった」

「分ってあげてくれ。先生も苦しんでらっしゃる」

「誰でも苦しんでいます」

と、爽香は首を振って、「この人の苦しみがあの人の苦しみより上だとは、誰にも言えません。まして、そのために人を殺したり、少女に手をかけるなんて」

「お願いです。何もかも僕の個人的な犯行なんだ。先生のことは——」

「それは無理だ。分るでしょう」

と、河村が言った。

「誰にも隠したいことはありますと、爽香は言った。「でも、黒い仮面をつけて仮装舞踏会へ出るのとは違うんです。決ったルールで遊ぶゲームと現実は一緒にできません。成田さんは、その境目を見失ったんです」

秘書が沈黙する。

「さあ、行きましょう」

河村が促《うなが》すと、秘書はがっくりと肩を落とした。

「今、救急車が来る」

「ここで待ってるわ」

と、爽香は言った。「里美ちゃんは、ちゃんと送り届けるから」

「頼む」

河村の車が走り去る。

爽香は里美の肩を抱いて、

「——私、あの秘書の名前も聞いてないわ」

と言った……。

24 大事の前

「また、大変だったようね」

という声に、ロビーの灰皿を片付けていた爽香は顔を上げた。

「栗崎様。今日は撮影、お休みですか？」

「ええ。このところ、三週間休みなしだったのよ」

栗崎英子はロビーのソファでのんびりと寛《くつろ》いで、「自分に向いたペースって、分っててもなかなか守れないものね」

「世間が放っておきませんよ」

明るい午後の光がロビーに溢れている。

――成田の辞任と、それに伴うスキャンダルの余波はまだ続いているが、爽香の所へは及んでいない。

里美はまた「飛脚ちゃん」として駆け回り、一郎もむろん元気になった。

「明日は一日お休みをいただきます」

「あら、ご主人とデート？」

「人間ドックです。ガタが来てそうなので」

「まあ、そう。いいことね。病気は本人が苦しむだけじゃない。周囲の人も辛い思いをするのよ。早い内に検査しておくにこしたことないわ」

「そう思って、やることにしました」

そこへ、

「杉原さん、お客様」

と、呼ぶ声がした。

「はい。――失礼します」

爽香は、玄関から外へ出た。「畑山さん……」

兄の恋人、畑山ゆき子である。

「お仕事中、すみません」

「いいえ。――お出かけ？」

ゆき子はボストンバッグをさげていた。

「ええ」

「それじゃ……」

「どうしても、この子を産みたいんです」

「兄はそのことを？」

「いえ、何も言っていません」

「それでいいの？」

「ええ」

と、明るく肯いて、「充夫さんには愛想が尽きました。未練もありません。でも、このお腹の子は——二人のいい、いいときの思い出ですから」

「故郷へ帰るの？」

「一旦は。でも、産むのはどこにするか……。よく考えます」

「何かできることがあれば、いつでも言って来て」

「ありがとうございます」

ゆき子は深く頭を下げて、「色々お世話に——」

ふっと涙がこみ上げて、言葉が途切れる。

爽香は、ゆき子の肩を抱いて、

「何もかも一人で引き受けないでね。他人に頼らなきゃいけないときもあるんだから、誰でも」

「はい……」

ゆき子は涙をハンカチで拭うと、「でも、爽香さんこそ、いつも人に頼らずに……」

よ」

「そんなことないわ。これで病気にでもなったら、きっとわがまま言って周りを閉口させるの
と笑った。

ゆき子がバスに乗って行くのを見送って手を振る。

――ゆき子は、もう充夫を乗り越えてしまったのだ、と爽香は思った。

充夫の方は相変らずだが……。

ロビーへ戻ると、英子の姿はもうなかった。

じっとしていない人だ。

デスクへ戻ると、電話が鳴った。

「――あ、河村さん」

「君の話を調書にまとめたんで、見てもらえないか」

「もちろん。いつ？」

「今日、これから届けるよ」

「今日は大体ここにいます」

「じゃ、夕方までに」

「ええ。――河村さん」

「何だい？」

「仕事はどうなって?」

「うん……。ま、すぐには現場へ戻れないが、上の方で考えてくれてる」

「そう」

「君のおかげだよ。ありがとう」

「河村さん……」

爽香はチラッと周りを見て、「布子先生のこと、気をつかってあげて。私なんていいから」

「そりゃもちろん……」

「布子先生、どんなことでも、河村さんの口から直接聞きたいと思うわ」

「何のことだい?」

「早川志乃さんのこと。河村さんが何も言わない内に、彼女が直接子供を連れて布子先生に会いに行ったら……」

少し間があって、

「——知ってたのか」

「先生も気付いてる。でも、信じたくないのよ。河村さんの口から、はっきり言ってあげないと」

「うん……」

「志乃さんのところは——男の子?」

「いや、女だ」

「何ていう名？」

「あかねというんだ」

「そう。——その子を苦しめることがないようにね」

「そうだな……。また後で」

「うん」

爽香は受話器を置いて、フーッと息を吐いた。

疲れる……。

爽香は、ケータイを手に取って、明男のケータイへかけた。

「——爽香、何だ？」

「ごめん。今、仕事中？」

「高速が大渋滞でさ、うんざりしてるところだよ。話してても大丈夫。ほとんど前へ進まない」

と、明男は言った。「今日は早く帰れるのか？」

「うん、珍しく何もない日なの」

「じゃ、帰りに待ち合せて飯でも食べるか」

「いいわね」

「酔い潰れたら、かついでってやる」

「失礼ね」

と、爽香は笑った。

夫婦には、こんな意味のない取りとめない会話も必要なのだ。

待ち合せの時間と場所を決めて通話を切ると、爽香はパソコンを立ち上げた。

田端からは、さらに細かく企画の具体化へ入ろうと言われている。

明日のドックは、いわば新しいプロジェクトへ入る「検問」のようなものだ。

——時として、爽香は不安になる。

河村と布子の夫婦と同じことが、自分と明男にも……。

爽香が新しいプロジェクトで駆け回るようになれば、明男と過す時間は少なくなる。

「決して……」

そうはなるまい。私たちは——。

「あ、そうだ」

来客の予定を一つ思い出した。

明男との待ち合せを三十分遅らせれば、大丈夫だろう。

ケータイでもう一度明男へかけたが、お話し中だった。誰としゃべってるんだ？

後でかけよう。

爽香は肩をすくめると、パソコンの画面へと目を戻した。

画面には、まだ計画中の幻でしかない新しいマンションの姿が、色鮮やかに立ち現われて来た。

初出誌「ムジカノーヴァ」（音楽之友社刊）二〇〇一年九月号～二〇〇二年八月号

解説

青柳《あおやぎ》いづみこ
（ピアニスト・文筆家）

教養小説というのがある。読んでいると教養が深まる本……ではなく、主人公が物語の中で成長する姿を描くものだ。たとえば、モンゴメリの『赤毛のアン』やオルコットの『若草物語』。赤川次郎さんの杉原爽香シリーズは、シリーズ全体が教養小説。つまり、毎年秋に刊行されるお話の中で、主人公や周りの人物がひとつずつ年を重ね、いろいろな経験を経て変化していく。

変化するのは、爽香や彼女をとりまく人間関係だけではない。生活用品、電子機器類も刻々とヴァージョン・アップする。その著《いちじる》しい例が、ケータイだろう。というわけで、シリーズ当初からの電話、ついでケータイに目をつけて追っかけてみた。

記念すべきシリーズ第一話の『若草色のポシェット』。夜中の十二時十五分に杉原家の電話が鳴る。中学三年生の爽香は勉強中だったが、二階の自室から出て（！）、階段を下り（！）、廊下を通って居間に行き（！）、ソファとソファの間をすりぬけて、ようやく電話のところに到達する。

　第五話『琥珀《こはく》色のダイアリー』でも、杉原家には、まだ一台しか電話機がないらしい。爽香は、日曜日の朝八時にうるさく鳴りつづけるベルの音にたたき起こされる。家族の誰も、電話に出る気配がない。仕方なく爽香が受話器をとると、相手は刑事の河村で、爽香の中学時代の恩師、布子と婚約が整ったというニュースを公衆電話からかけてきたのだ。ところが、爽香がはじめて家庭教師をつとめる志水多恵《しみずたえ》は社長令嬢で、生意気にも、ちゃんとコードレスの電話を持っている。ちなみに、この本はちょうど十年前の刊行。

　第七話でも、電話事情はあまり進化していない。河村は古びたソバ屋の中の汚れた公衆電話で電話をかけようとするのだが、テレカの使えないタイプで、十円玉の持ち合わせがなくてかけられない。そばにいた男がくずしてくれた。実は、この男は……。

　第十話。爽香はついに、〈G興産〉社長の甥、田端将夫から「携帯電話」をプレゼントされる。「このメモの上のが、君の番号。下が僕の携帯の番号」と教える田端。爽香は、第十一話でもこの携帯を持っている。まだ、着メロなんぞというものはなかったらしい。横断歩道を渡ろうとするとき、「ピピピ」という甲高《かんだか》い音にびっくりしてとびあがった。物語の後半で爽香は、この電話を私用に使いはじめる。

　第十三話では、携帯電話が「ケータイ」に変わる。殺人犯を追って小学校に潜入した河村は、保健担当の早川志乃に会う。志乃のケータイが鳴ったのは、胃から大出血を起こした河村の手術中だった。第十四話になると、爽香の勤める高齢者用マンション〈Pハウス〉に住む元女優、栗崎英子もケータイを持っている。ただし、コンサートで電源を切るのを忘れているので、爽香がかわりに切ってやる。メモリーやマナーモードなどさまざまな機能も駆使される。布子のケータイの着信記録をめぐる、悲しいエピソードもある。

そして、シリーズ第十五弾となる本編の『濡羽色のマスク』。ヒロインの杉原爽香は、二十九歳。「もうトシだ！」というわけで、前夜の探偵活動ですっかり疲れてしまい、昼近くまでベッドから起き出すことができない。でも、大丈夫。ベッドに寝っころがったままで、「枕もとのケータイ」を使い、勤め先の〈Pハウス〉に「具合が悪いので、一日休みます」と連絡を入れることができる。こういうときは便利なんだけど、ちょっと困ることもある。事件がすべて解決したあと、爽香は夫の明男に連絡しようとするのだが、お話し中。いったい、誰としゃべってるんだ？　ケータイだと、いつでもどこでも呼び出せるから、相手の行動がくまなくわかってしまう怖さがある。

こんな他愛のない例ばかりではなく、本編では、ケータイが単なる小道具の域を超えて、非常に重要な役割を果たしている。

バーのホステスの荻原栄のもとに、忘れたころにやってくる「一見、芸術家風」の、奇妙な客。長髪が肩までのびて、やせた体に、いつもツィード。「先生」と呼ばれるその客は、店の中でもめごとが起きると、ポンと十万円出してその場をまるくおさめる。「先生」がトイレに立ったあと、「ブーン、ブーン」という妙な音がする。シートの上に落ちたケータイが、マナーモードになって蜂の羽根のように細かく震えているのだ。

前作で、教え子が自殺した責任をとって辞職した河村布子は、ある私立の女子校に面接に訪れ、採用される。校舎から出た布子は、早速ケータイを取り出し、夫に電話する。胃の手術後、デスク・ワークにまわされていた河村は、すぐに電話に出た。以前なら、仕事中に連絡をとるなど、考えられなかったのだが。河村は、「お祝いだな」と言ったあと、少し躊躇して、「今夜は送別会がある。できるだけ早く帰る」と言った。

これは真っ赤なウソで、本当は愛人の早川志乃のところに行くのである。連絡しなくちゃ。河村は、ケータイを持っているのだが、何故か公衆電話で相手のところに電話する。記録が残るのを恐れたためか？　何しろ、志乃には生後一ヶ月のあかねという女の子がいて、河村はまだ布子にそのことを言っていないのだ。志乃のところから帰る途中、河村は駅への道を急ぎながら、今度は「堂々と」（？）ケータイをとりだして、家に電話する。

「四十分で帰る」と言った河村だが、住宅地の中を通り抜けている最中に悲鳴をきき、血まみれの女にしがみつかれる。刺されたのは、ホステスの荻原栄だった。これが、事件のはじまり。

かつて河村の部下だった刑事の野口は、栄が運びこまれた病院のナースステーションで電話を借り、ひそかに思いを寄せている布子に長々と電話する。「あなたの方は変りない？　恋人でもできた？」という布子の問いに、野口は「好きな相手はいますが、向うが好いてくれないので」と答える。この「向う」は、実は布子のことなんだが、さて、布子は気づいているのか、気づかないふりをしているのか。電話を切ったあと、「野口の胸は、久しぶりに熱く燃えていた……」。おいおい、勤務中、しかもここは病院の電話。ケシカラン。でも、ついついそうなってしまうところに、野口の思いが透けてみえる。

と、こんな風に、電話のかけ方ひとつとっても、登場人物の性格、状況に応じて細かく書きわけられている。改めて、赤川さんの鋭い人間観察、繊細な描写に感嘆する次第。

『濡羽色のマスク』には、荻原栄の娘で里美という十六歳の少女が登場する。母親が殺されたあと、幼い弟の世話をしながら生きていくしっかり者なのだが、爽香はこの子を見て、「私と少し似てるかも」と思うのだった。里美が、単なるけなげな少女ではなく、ちゃんと客観的な目をもって、冷静に大人の裏側を観察しているからだ。

同じような例は、第七話『象牙色《ぞうげいろ》のクローゼット』にもあった。爽香は、河村家に一時保護されていた十七歳の不良少女・由季《ゆき》に親近感をいだき、布子に、「昔の私に何だか似てませんか？」ときく。しかし、爽香と由季はわずか四歳違いだったし、男性体験豊富な由季にまだ未体験なことを見抜かれたり、ほとんど同世代のようにやりあっていたものだ。

今回の物語では、里美と爽香には十三歳の開きがある。初登場以来、どんな辛いことがあろうと常に元気潑剌《はつらつ》としている爽香だが、本編ではちょっとお疲れのようだ。栗崎英子は爽香の様子をみて、渦中にいるときはわからないが、知らず知らずに疲労がたまっているはずだ、「あなたが血を吐いて倒れたりするのを見たくないの」と忠告する。自分でも気になって、同級生で医者の浜田今日子に、「今度人間ドック受けようかな」と相談すると、「その内」なんていつになるかわからない、と即刻予定を入れられてしまう。

健康に反比例して、爽香の社会的立場はぐんと高まっている。〈Pハウス〉での仕事に加え、親会社の〈G興産〉の社長になっている田端からは、「一般向け高齢者用住宅」プロジェクトへの参加を要請された。企画のお披露目パーティには、貸衣装のカクテルドレスを着て出席し、壇上に呼ばれて関係者に紹介される。持ち前の律儀さから、求められることは何でもこなそうとするが、あまりにことが多すぎるため、現実問題として、すべてをクリアーしにくくなっている。そんな爽香の変容が、「昔の爽香を思わせる」里美との対比によって、いっそう際立つ。

とはいえ、正義感が強く、面倒見のよい爽香の性格は、十五歳のときと少しも変わっていない。謎をときあかす鋭い勘と犯人を追いつめるすばやい行動力も、ますます冴えるばかり。ラスト近く、「『自分は特別だ』と思った瞬間、人は自分を見失うんですよ」という名セリフを吐く爽香は、人間社会の澱《おり》のようなものをしっかり見据え、しかし、自身はまみれることなく、いつも真正面から問題に立ち向かってくれるだろう。

このシリーズは、当初爽香が二十五歳までの予定でスタートしたとのことだが、すでにその予定をはるかに超えてつづいている。果たして、何歳まで書きつがれるのだろう？　爽香の子供は？　もしかして、不倫も？　まさか、孫！　などと興味はつきない。

赤川次郎ファン・クラブ
三毛猫ホームズと仲間たち

入会のご案内

赤川先生の作品が大好きなあなた！〝三毛猫ホームズと仲間たち〟の入会案内です。年に4回会誌（会員だけが読めるショート・ショートも入ってる！）を発行したり、ファンの集《つど》いを開催したりする楽しいクラブです。興味を持った方は、必ず封書で、〒、住所、氏名を明記のうえ80円切手1枚を同封し、下記までお送りください。おりかえし、入会の申込書をお届けします。

〒112-8011
東京都文京区音羽1－16－6
㈱光文社　文庫編集部内
「赤川次郎F・Cに入りたい」の係

光文社文庫

文庫オリジナル／長編青春ミステリー
濡羽色《ぬればいろ》のマスク
著　者　赤《あか》　川《がわ》　次《じ》　郎《ろう》

2002年9月20日　初版1刷発行

発行者　八　木　沢　一　寿
印　刷　凸　版　印　刷
製　本　凸　版　印　刷

発行所　株式会社　光　文　社
〒112-8011　東京都文京区音羽1-16-6
電話　(03)5395-8149　編集部
8113　販売部
8125　業務部
振替　00160-3-115347

ISBN4-334-73372-7　Printed in Japan

お願い　光文社文庫をお読みになって、いかがでございましたか。「読後の感想」を編集部あてに、ぜひお送りください。

このほか光文社文庫では、どんな本をお読みになりましたか。これから、どういう本をご希望ですか。

どの本も、誤植がないようつとめていますが、もしお気づきの点がございましたら、お教えください。ご職業、ご年齢などもお書きそえいただければ幸いです。

光文社文庫編集部